U0051476

陸天遙事件簿

2 沒有名字的故事

尾巴——著
ALOKI——繪

人物介紹

陸天遙（看起來是20歲）

圖書館管理人，面容俊俏年約二十，但守護圖書館近千年，身穿黑衣黑褲，身旁伴有黑貓。也曾是該說出故事的人類，卻遲遲寫不出自己的故事。

？（看起來是20歲）

白門後的人，身穿白衣白褲，與陸天遙面容一致，白子紅瞳。身旁有白貓跟隨。

呂家琪（35）

年輕時做過種種出格行為，十七歲便和當時男友逃家，直至結婚生子後才與妹妹呂雅薇相逢。

呂雅薇（25）

從小便承受呂家琪的怨懟，在父母離去後才找上呂家琪，如及時雨般帶給姜家莫大幫助。

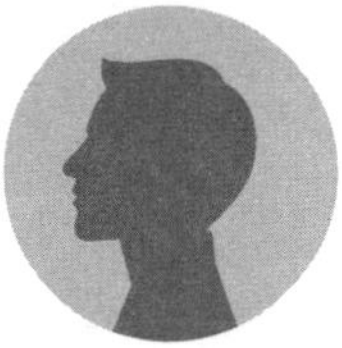

姜紹察（35）

呂家琪男友兼老公，和呂家琪育有一子。

姜奎（12）

在姜紹察的車上發生了車禍，從此半身不遂，年紀雖輕但長相出眾，深得眾人喜愛。

呂士能&張彩莉（50幾歲）

呂氏姊妹的父母親，曾有一長子呂冠維，失去愛子後悲痛不已，對兩女兒疼愛有加。

老師

幫助大家的和善女人。

目次

第一章

出現

看起來大約只有十幾歲的少年坐在陸天遙眼前，一襲白衣搭配上蒼白的肌膚，宛如天使般靜靜地盯著陸天遙看，白淨的臉上有著超齡的眼神與反應，對於自己突如其來出現在這，他並沒有不安，只是安靜的觀察。

「正好最近，有些常客抱怨著沒有新的故事可以看，你就來了。」陸天遙從後頭的書櫃拿下了一本藍色的精裝書籍，黑貓在少年身邊轉了圈，跳回了圖書館門邊的窗台。

「所有死掉的人都會來到這裡？」少年的聲音聽起來並不畏懼，也沒有情感，像是平靜的湖面一般。

陸天遙挑起了一邊的眉毛，再次對這位少年清楚的腦子感到驚豔。

通常來到這裡的人，都會迷迷糊糊的，直到說完自己的故事後，才會發現自己已經死了。

幾乎沒有人會跟少年一樣，在最一開始就知道。

陸天遙看了一下藍色書本上的名字，寫著——姜奎。

他是一個特別的少年，陸天遙當時正從其中一排書櫃清點書籍，準備走向下一個書櫃，正要轉彎的時候，眼睛餘光便看見一個人坐在他大書桌前的地上，連圖書館大門開啟的聲音都沒有，就這麼突然地出現。

姜奎注意到陸天遙的存在，淡然地看著他問：「你是死神嗎？」

「這裡明明是圖書館，你看見我，怎麼會覺得我是死神？」陸天遙好奇。

「因為，我知道自己死了。」姜奎淡淡地說，而他的屁股下忽然生出一張木製大椅子，面對突如其來的高低差異，姜奎並沒多大的訝異。

「你怎麼死的呢？」陸天遙走回他的大書桌前，然後就如前面所說，抽出了寫有少年名字的藍色書本。

「如果你不是死神，這裡看起來也不像地獄，更不會是天堂，那是哪呢？」但是姜奎問題卻很多。

「這裡，不就是圖書館嗎？」陸天遙兩手一攤，十分明顯地，這挑高又明亮的空間，除了有著貼牆到頂的書櫃，在其他地方也都是滿滿高聳的木質書櫃。

「我看得出來。」姜奎如是說，摸了摸他所坐著的木頭椅子把手，「這個跟我家的……很像。」

「也許這個椅子就是你們家的啊。」陸天遙笑著說。

姜奎右手食指摳著把手上的刮痕，那是他以前弄出的痕跡，這的確就是他們家的椅子，「所以這邊到底是什麼地方呢？」

「我說了是圖書館。」

這一次姜奎沒有回話。

見狀，陸天遙笑了笑。

「你覺得圖書館裡面都放些什麼呢？」

「不就是書嗎？」

「而每一本書都是故事，那些故事，是真實的，還是杜撰的呢？」

聽他這麼說，姜奎瞬間懂了，「所以你要寫下……我的故事？」

「沒錯。」他拿起了一旁的墨條，在硯台上來回磨動，漆黑的墨水散開。「不是所有人都有機會可以來到這裡，唯有被選上的人才能進到這。」

「因為故事要好看的話，主角必須夠悲慘？」

真是太令人驚豔了。

陸天遙看著眼前的少年，不由得充滿了期待感，這少年有著與外表年齡不符的早熟，更別說他看起來如此空靈，像是機器一樣毫無情感波動般。

「那我想，我大概很適合來這裡。」姜奎閉上眼睛，精緻的臉蛋有著長長的睫毛，他深吸一口氣，聞到的是圖書館的檜木味，以及淡淡的腐臭味道。

接著那腐臭味蓋過了圖書館的檜木，他屁股下的僵硬木頭成了另一張快要壞掉的彈簧床，他能聞到那濕濘、噁心的味道，以及其他人的氣息。

濕濕的東西滴在他的臉上，他張開眼睛，瞧見的是自己的媽媽，雙手正放在他的脖子上。

「我愛你呀……」壓在他身上的媽媽，如此說。

如果說，要故事夠悲慘的人才能夠來到這個圖書館，那姜奎覺得自己是最適合的人選了。

陸天遙很有耐心，一邊磨墨一邊等著姜奎願意開口，黑貓在窗台邊打了哈欠，而那扇白門平空出現在後方的書櫃，門板傳來了利爪撓抓的聲響。

「喵～」黑貓跳下窗台，也來到了白門前，小鼻子在門板邊嗅著，陸天遙瞥了一眼，與黑貓對上。

他搖頭，黑貓再次喵了聲後甩動尾巴，稍稍退開了白門邊，而白門也在此時消失。

陸天遙輕輕嘆了口氣，再次抬頭看了眼前的姜奎，發現他已經張開了眼睛。

「你準備好要說故事了嗎？」陸天遙停下手上的動作，拿起了一旁毛筆架的其中一枝毛筆，在筆尖沾染了些許墨水，翻開了那藍色的本子。

「我是被我媽媽殺死的。」

陸天遙手上的筆停頓了一下，抬頭看了眼前的姜奎，「天下無不是的父母這句話已經不是絕對，但對比孩子殺了雙親，媽媽殺了孩子算是比較少聽見，她不愛你嗎？」

「不，我媽媽很愛我的。」姜奎緩緩說著。

「愛你，就不會殺了你。」陸天遙說不上是惋惜，但他的表情絕不友善，畢竟這樣悽慘的故事背景，才能和上次那本徐家的故事《消失的那一天》競爭第一借閱率呀。

「我媽媽很愛我的……我媽媽很愛我的……我媽媽很愛我的……」姜奎像是在自言自語一般，用很低的聲音不斷重複，他放在手把上的手指用力來回抓著，指甲在木頭上留下了深深的刮痕，而隨著他不斷喃喃重複的語速也越來越急，他的雙臉脹紅，甚至浮出了青筋。

姜奎的身體逐漸縮小，像是回到了小學時代……再來是幼稚園……最後甚至成為了剛出生的嬰兒。

陸天遙起身，他第一次看到這種狀況，於是他走到了木頭椅子邊，變回了嬰兒的姜奎並沒有哭，只是張著眼睛看著他。

「看來，你還沒準備好要說故事。」陸天遙輕嘆，接著他彈指，那張木椅和姜奎都平空消失了。

「喵～？」黑貓跳上了桌子，坐在上頭疑惑地看著他。

「他還沒準備好要講故事。」對於沒辦法馬上撰寫新故事讓陸天遙感到有點惋惜，闔上了那藍色書本，將它放回後面的書櫃上。

「喵。」黑貓又叫了一聲，像是聽不懂他的意思。

「先讓他一個人待著，待久了，總會說的。」陸天遙想著剛才姜奎的模樣，「他總歸還是要說的。」

怎麼樣的媽媽，會把自己的孩子殺死？

怎麼樣的媽媽，會背叛孩子對她的愛？

他的腦中出現了一些似乎早就該遺忘的記憶，那已經是很久很久以前的事情了。

也許是剛才聽到姜奎說的那句話，讓他再次想起來。當時的情緒如此強烈，直至今日都還在啃蝕自己。

那曾經身為人的痛苦、自欺欺人、罪惡感，還有那些不堪的行為，至今為止，對他來講是即便過去了多久，都日新月異。

忽然那扇白門又出現了，陸天遙看了一眼，明白是自己的情緒波動導致白門再次出現。

「喵喵～」這一次是白門後傳來的貓叫聲。

一聽見這個聲音，黑貓立刻跳下了桌子，來到了白門前。

兩扇門的貓都撓抓著那門板。

「不要再抓了，門板會被你們抓破的。」陸天遙稍微靠近了白門，但又往後退了些。

「呵呵，我倒是希望牠們抓破。」白門後的男人笑了，「牠們真的有這個能力嗎？」

「剛才你應該也都聽到了吧？」陸天遙問。

「我當然聽到了，那個少年還真是奇特。」白門後的男人輕笑，滿不在乎，「他的話，讓你想起了什麼吧？你那胸口的憤怒、絕望、還有一絲絲興奮，我在這也都可以完全感受得到。」

白門後的人那戰慄的快感忽然衝至陸天遙的胸口，他立刻屏氣，稍微抓了一下胸口的位置，想壓抑住那感情。

「別去想那些事情，這很危險。」

「哈哈，到底是誰先想的？」門後的人移動了身體，陸天遙可以感覺到他靠到了門邊，距離自己如此之近。

太危險了，陸天遙趕緊再次退後些。

「你在怕什麼？」

「你不能違反規則。」陸天遙嘴角輕勾。

「規則？哈！」對方一笑，「我們在這的目的除了寫故事，還有什麼，你還記得吧？」

「我不會忘記的，但是現在還不是時候。」

「我們的書，到底什麼時候才寫得完？」

陸天遙沒有回應，然後白門再次消失。

「喵！」黑貓有點不高興用力甩動尾巴，並且在圖書館中來回奔跑，毛都蓬了起來，藉此表達牠的抗議。

而陸天遙只是沒辦法地看著這隻從出生就跟到自己現在的黑貓發著脾氣，然後，他的視線轉往這圖書館中書櫃上的書，靜靜地掃射過。

屬於人世間眾多悲歡離合的故事，這裡總有一天也會放上他們的故事。

他們原本以為，那一天很快就會到來，但如今卻過了好幾千年，他們的故事還沒完成。

*

「請問，什麼時候會有新的書可以看呢？」模糊的來者詢問。

「目前暫時沒有。」陸天遙親切微笑。

「但是聽說，有新的故事來好一陣子？」來者打聽得很仔細。

「他一直維持在初生狀態，無法說話。」陸天遙也老實回答。

「難道沒有辦法，逼他說話嗎？」

「不是沒有，但我傾向讓他自願說出他的故事，這樣時間軸和記憶都會比較詳細，我也比較好整理他的故事。」

「我真的快等不及了，能讓人類退回新生兒姿態，也不願意說的故事，那該是多曲折離奇又好看的內容啊！」來者的興奮並無惡意，只是帶著想看一部精采故事的熱切讀者罷了。

只是陸天遙還是覺得，有些惆悵。

真是神奇，他應該早就失去身為人類時的情感，居然還會有類似這樣的情緒出現在他心裡。

雖然很微小，但確實存在。

「我會讓他快點說故事的。」陸天遙很快地收回那些惆悵，稱職地當著良好的管理員。

「那我要排第一個。」來者預約了這部連名字都還沒決定好的故事。

圖書館並無白天與黑夜的分別，所以圖書館其實隨時都有各方來者來借閱書籍，但是很奇特的是，每當有帶著新的故事的人來到時，圖書館的來者總會消失一空，讓陸天遙能夠專心的傾聽，並且製作書籍。

他彈指，那張木椅與嬰兒版本的姜奎出現，他依舊不哭不鬧，張圓著眼睛看著陸天遙。

「你還不想說故事嗎？」陸天遙問。

姜奎沒有反應。

「還是，你在等你的媽媽來？」

這一次，姜奎些些挪動了一下。

「你的媽媽不知道什麼時候才會來，也或許不會過來。」陸天遙走回了他的書桌前，又將一滴清水倒入硯台之中，拿起墨條慢慢研磨。

「她在我的故事之中，為什麼不會過來呢？」

聞言，陸天遙抬頭看了前方，姜奎已經變成了五歲孩童的模樣，即便是五歲，他的臉蛋還是十分漂亮，是個誰見了都會喜歡的五官。

「這裡的時間比人間快上很多，你來了這多久了？」陸天遙轉身，從後頭的書架拿下了那本屬於姜奎的藍色精裝書。

姜奎沉思，「五天了？」

「是七天，但是在人間裡頭，也不過才過了幾分鐘，你要等多久？而你媽媽也不見得會過來，不是嗎？」

「那如果她不來，我說些什麼，也都沒有意義了。」說完，他又變回了嬰兒的模樣，拒絕再次說話。

這可頭痛了，陸天遙不是沒遇過拒絕說故事的人類，但不像姜奎這麼固執。

當然，他也可以不理他，就讓姜奎這小嬰兒一直待在圖書館，對他來說並沒有差。

只是，有個拒絕說故事的人類在這，是眾多來者都已經知道的事實，排隊著要看他的故事書的人已經長到看不見尾端，要是沒讓那些書蟲來者滿足，可不曉得會有什麼麻煩事。

「喵～」黑貓在一旁喊了聲，陸天遙回頭，又看見那扇白門出現，毫無預警。

「把他送到我這來吧？」白門後的人開口。

「我不想用這樣的方式。」陸天遙蹙眉。

「你知道，這是一個好方法。」白門後的人竊笑著，「這也是允許的範圍之內。」

陸天遙沉思一下，再次問前方的姜奎：「你真的不願意開口？」躺在木椅上的姜奎只是看著他。

「白門後的人，可就沒我這麼好心了喔。」他提醒，但是姜奎還是沒有反應。

無奈，他只能彈指，而黑貓迅速地跳上了木椅邊，先是打了哈欠，但嘴卻無限拉大，接著一口將姜奎，包含那木椅全塞到嘴中。

吞下了龐大物體的黑貓身體瞬間變大，卻又一眨眼恢復原本的身材，牠伸起貓手舔了舔，並擦擦自己的臉。

「我真不想用這樣的方式。」陸天遙看了白門後，聽見了門後的貓也發出了如同黑貓吞下姜奎時的聲音。

「哈哈，這就是姜奎呀！」而門後的男人笑著說，「來吧，我們，來說故事吧。」

下一秒，姜奎撕心裂肺的尖叫從白門後傳來。

與此同時，黑貓的身體再次脹大，用力吐回了那張大木椅，以及原本在上頭的姜奎，少年時期的姜奎。

他的臉色不好看，睜大了雙眼看著陸天遙：「你……你……」

「那現在，你願意說故事了嗎？」陸天遙微笑。

姜奎看了陸天遙的黑色衣服，又看向了白門後，恍然大悟，「是這樣啊，這裡不是任何人的地獄或天堂。但白門後的世界，是你的地獄，或是你的天堂……」

陸天遙臉色一沉，「你要說故事了嗎？」

「很遺憾的，在白門後讓我看見的那些東西，我並不害怕，我生前遇到的事情比這些都還要可怕。」但是姜奎卻抓緊了木椅的扶手，「但是……原來……還是有人比我慘啊……呵呵……」

見到姜奎的模樣，陸天遙不禁也揚起一抹冷笑，人性呀，只要有人比自己慘，就會覺得自己不那麼痛苦了。

「但我自己，也不清楚到底發生什麼事情。我在等我的媽媽，想等她告訴我全部的面貌，可是……她在殺死我之後，應該也會馬上死才對，但她卻沒有過來，難道我得等上千年？我能在這邊待上這麼久的時間嗎？她若不來，那代表，我永遠也不會知道真相了。」姜奎靜靜說著，他的身體又再次縮小，回到了嬰兒面容。

但這一次，他卻繼續開口：「我的名字叫做姜奎，從小我媽媽，還有周遭的人都叫我小奎。」

陸天遙迅速地拿起一旁的毛筆，並且在屬於姜奎的那本書上揮筆，寫下了姜奎所說的話。

「你覺得，我長得好看嗎？」

對於姜奎突如其來的提問，陸天遙有些詫異，「好看。」

「謝謝，你也很好看。」姜奎對於陸天遙的回答並不意外。「人家都說，嬰兒時期不會有記憶，但是對我來說不一樣，我彷彿從出生開始就有記憶，我最深的印象是頭頂的旋轉玩具，還有老是會有一團人圍在我的嬰兒床邊。他們會說著一些『這個孩子長得可真是漂亮啊！』、『這麼好看的嬰兒我還是第一次看見。』等話，而我的爸媽也都樂於接受，他們還曾把我的照片放到網路上去，結果不到一個禮拜便有了十幾萬個讚，讓他們有些嚇到，便刪除了那張照片。」

「那你的容貌，對你成長到……十五歲？有造成什麼困難嗎？」

「我看起來像十五歲嗎？我只有十二歲。」

陸天遙挑起一邊的眉毛，「你只有十二歲？看起來很早熟。」

「是啊，大家都這麼說，但是我媽殺死我的時候，我才剛滿十二歲沒幾天。」姜奎淡淡地笑了，然後停頓在這邊，很久沒有說話。

陸天遙停筆，「一群人圍在你的身邊，然後呢？」

姜奎還是沒說話。

「你的爸媽把照片撤下來後，結果呢？」

姜奎依舊緊閉著嘴。

「你爸爸做什麼的？」

「你有兄弟姊妹嗎？」

「你是哪裡人？」

「小學有哪些好朋友？」

「成長過程，有什麼記憶猶新，或是不可思議的事情呢？」

無論陸天遙問些什麼，姜奎都沒有回應。

看樣子白門後的刺激的確讓他願意開口，但卻無法容同其他人一樣能夠依照時間的推進侃侃而談。

也許，還是只能先切入核心重點來問，再慢慢抽絲剝繭了吧。

「你媽媽為什麼殺死你，理由你知道嗎？」

果不其然，一問到這個問題，姜奎的外形再次變回了那十五……不，應該說是十二歲的模樣。

看樣子，必須用問答的方式詢問，自己再慢慢整理始末了。

「她是因為愛著我，才會殺我的。」姜奎的回應如同他第一天到來時一樣。

面對這樣的孩子，陸天遙不禁有些憐憫，「她在什麼地方殺你的？」

「床上。」

「當時，是什麼情況呢？」

「情況是什麼意思？」

「就是場景、情緒、還有前後發生了什麼事情。」陸天遙在白紙上寫下「死亡當時」這四個字。

「除了嬰兒時期外，我任何時候的腦子彷彿都沒有現在清楚，我只記得當時我很不舒服，空氣中有很難聞的味道，我很想吐，但有人一直搖晃我的身體，彈簧床好像壞掉了一樣，嘎嘰嘎嘰作響，我的頭也在搖晃著，然後有水滴到我面前，當我張開眼睛，看見了我媽媽，她流著眼淚，帶著笑容說『我愛你』，然後……」

「然後？」

「她親吻了我，接著我感覺到呼吸困難，才發現她的手在我的脖子上，說著她愛我，然後我……就在這裡了。」

黑色的墨水在白紙上勾勒出一個愛字，並圈了起來後打了個問號。

「那是在你們家嗎？」

「是，在我家，我的房間。」姜奎手放在額頭上，「但即便是我的房間，也不像是我的房間，已經和以前長得不一樣了……」

「你的爸爸呢？」

「我爸爸……他……他不在了，死了，是意外，可是很奇怪……」姜奎的神色慌張，東張西望著，「我的爸爸呢？」

「你仔細想，他幾歲開始不在了呢？」陸天遙又問。

「在我……我不知道……」

「在你幼稚園，還是小學呢？你穿著制服嗎？他是離開了，還是過世了？」陸天遙知道他現在是混亂之中，但正是因為如此，更該乘勝追擊。

「我、我真的不知道，我想不起來了，媽媽，妳在哪裡？」瞬間姜奎回到像是三歲的模樣，哭喊著要找他的媽媽。

黑貓在一旁冷眼看著，甩動著尾巴卻引起了姜奎的注意。

「熊熊，熊熊……」他伸出小手，招攬著黑貓。

「那是貓，不是熊。」陸天遙覺得有些好笑，但姜奎依舊喚著黑貓為熊。

黑貓見到姜奎這個樣子，不禁露出為難的表情，這還真是有趣，貓也會有表情呢。

牠困擾地看著陸天遙，似乎想求救，但是陸天遙只是聳聳肩說：「你就陪陪他吧，讓小孩子摸摸也沒什麼吧。」

「喵喵喵！」黑貓用力地甩動尾巴，並拍打地板藉此表達牠的不滿。

「熊熊～熊熊～」坐在木椅上的姜奎還是伸著小手想碰觸貓。

見著他這模樣，陸天遙心想：

來過這裡的人們，即便外形如何改變，心智年齡也不會跟著外形而有所增減。但是，為什麼姜奎的反應看起來像是真的回到了三歲的智商呢？

黑貓還是不想過去，陸天遙只好說：「總是要讓他開口吧，何不先滿足他呢？」

聽他這麼說，黑貓也沒有辦法，只能慢慢地走到姜奎的腳邊，然後跳到木椅上，姜奎立刻開心地用小手抱緊黑貓，往懷裡塞去。

那力道並不輕，讓黑貓有點隱隱作痛。牠的毛豎了起來並低聲嘶吼。爪子從牠的腳縫裡露出。

「小心別抓傷了他，他的靈魂禁不起你的傷害。」一見到黑貓像是要動怒了一般，陸天遙趕緊提醒。

「喵！」黑貓當然知道，牠可沒傻到傷害人類的靈魂，那可是多大的罪。

可是，牠也受不了姜奎的擁抱，所以用尾巴推了推姜奎，趁機跳了下來，掙脫他的懷抱，一路跑往圖書館角落的書櫃後，牠可不想再被碰。

而就在黑貓離開姜奎懷中的瞬間，姜奎又變回了嬰兒時期，再次拒絕說話。

陸天遙只好再次彈指，讓姜奎和那木椅都消失在圖書館之中。

而就在他們消失的瞬間，圖書館再次恢復了熙熙攘攘的來者景象，他們的身影模糊，有些黑，有些灰，有些只是空氣扭曲般的存在。

「那故事到底什麼時候可以完成？」來者又上前詢問。

「你在這裡的目的不就是寫出許許多多好看的故事嗎？」另一位來者見狀也過來詢問。

於是圖書館的來者們全數靠近，他們大多都在等待著這本書的完成。眾怒難犯，陸天遙看著來者們，露出了誠摯的微笑說：「目前已經動筆了一些，但是對方還在調適當中，請放心，我會盡快完成的。」

以往這麼說的時候，來者們總是能諒解。可今日，其中一個來者卻沒那麼好打發，他從最後面越過重重來者來到陸天遙前方，一團模糊的黑影，看不清楚面容。

「你，不是說有別的方法可以逼他說出來嗎？」他的聲音渾厚低沉。

「我已經，嘗試過了。」叫白門後面的人嘗試了，但似乎白門後的人還是保留了一絲仁慈，又或許，是姜奎的確遭遇了更多事情，導致他內心的心早就死去，而不在乎白門後的人給他看見的東西。

「從那個人來到後，你知道過了多久了嗎？」來者的話打亂陸天遙的思緒。

「已經過了好幾天了，我知道。但要有點耐心，好的故事，是需要時間。」

「又或許是你辦事不力。」來者很不客氣，他等得夠久了，「上一次《消失的那一天》是很好看，但我認為還不夠，還要更多、更悲慘的才行……」

「是呀！是呀！」其他來者們也認同，並且附和。

「我明白，可是這……」陸天遙快要招架不住眾人。

「或是你有另一個選擇，如果短時間內沒辦法看見現在這個故事，也許，你能提供你的故事。」

這句話一出，讓圖書館先是安靜了下來，接著瞬間沸騰，他們竊竊私語，夾帶著興奮討論著。

「是呀！管理員的故事通常都是最精采的，你在這快要千年，怎麼你的故事都還沒出現呢？」

「以往的管理員都沒待到你這麼久，不，也是有些管理員待很久很久，久到最後他的故事，大家都已經不期待，也不在乎了。」

他們開始交換彼此的意見，陸天遙覺得再這樣下去不是辦法，況且他也不想知道以前的管理員發生什麼事情，所以他再次彈指，瞬間木椅出現在正中央，嬰兒時期的姜奎讓來者們驚呼。

哇！這還是第一次，來者見到了故事的真人主角。

眼前這位小嬰兒，就是拒絕說故事的人類嗎？

姜奎的大眼睛裡倒映出的只是一群模糊的影子，除了陸天遙有清楚的形體，來者們在他的眼中看起來都是模糊的影子。

「原來是長這個樣子呀，喂，小子，別讓我們等，快點說出你的故事啊。」來者們此起彼落的催促著，但那些聲音到了姜奎耳中，只不過是嗡嗡的雜音，他聽不清楚，也看不清楚，只能感受到龐大的壓力，以及沉重的空氣在他周圍。

陸天遙站在後面靜靜看著一切，來者們將注意力轉到了姜奎身上，他些些鬆了一口氣，好奇別人，總比好奇他自己好。

他來到這圖書館近千年，但即便到了現在，他的故事還是沒有辦法寫出來，因為就連他們自己都不確定發生了什麼事情。

要是姜奎不快點說出自己的故事，這些來者再次把好奇心轉到了他的身上，那可就麻煩了。

於是，在姜奎還是拒絕說故事的前提下，陸天遙只好每天都把姜奎放在圖書館的中央，當作是展示品一樣。

一開始，來者們對於這難得見到的人類靈魂感到趣味盎然，他們的好奇心的確被滿足了，但是時間久了，來者們沒了耐心，他們只想要故事，不想要看這一成不變的人類嬰兒。

畢竟，大家是「噬」讀故事的怪物，對於當事者反而不那麼好奇。

就在陸天遙開始真正苦惱，是否要用更加強烈的手段，讓姜奎說出他的故事之時，圖書館的門再次打開了。

「小奎在這邊嗎？」一個穿著紅色長裙的漂亮女人用力推開了大門，在這個瞬間來者們回頭，接著全數消失。

而女人身後是一片狂風暴雨，她的頭髮被風吹亂，身上則被雨淋濕。

陸天遙有些驚訝地看著這女人，而在姜奎也跟著回頭，就在他看到了那女人時，他的表情出現詫異，也瞬間恢復到了十二歲的模樣。

「小奎，我終於找到你了！」女人掉下眼淚，卻盈滿淚水。

第二章

開口

「我叫呂雅薇，我找了這孩子好久，終於找到他了。」這位女性看起來頂多二十七，甚至更年輕，要說她有個十二歲的孩子，雖也有可能，但還是有些奇怪。

「喵～」黑貓狐疑地坐在桌面上，陸天遙明白牠的疑惑，如同他自己也不清楚一樣。

他在這裡待了這麼長的時間，有著悲慘人生的人類絡繹不絕，但即便是有所相關的人，也不會同一時間出現在圖書館之中。

這一次是個特例，沒料到認識的兩個人會一同出現在這。

但更令陸天遙有些好奇的是，那張木椅變成了紅色的雙人沙發，呂雅薇坐在一側，另一手搭在姜奎的肩膀上，另一手則握住姜奎的手，攬得很緊，像是一個保護者的角色。

而姜奎沒有再恢復嬰兒的模樣了，而是維持十二歲的樣子，乖乖地坐在這位女人身邊。

「請問妳是姜奎的……」陸天遙一邊問，一邊往後抽出一本淡粉色的書籍。

「我是他的阿姨，也就是他媽媽的妹妹。」呂雅薇說完後微笑了一下，她有著絕美的容顏，中分的長髮直至肩膀，說起話來輕柔又得體。

「阿姨，我媽媽呢？」姜奎詢問。

「你媽媽她啊……」呂雅薇的眼神些微黯淡，但很快地揚起笑容，「她過得很好，你不需要擔心。」

「那她為什麼不來……」

「噓，寶貝，乖，你是不是該睡覺了呢？」呂雅薇將姜奎攬得更緊，在她懷中，姜奎變成了七歲的模樣。

而同時，姜奎的懷中不知何時出現了一隻綠色的小熊，他的眼皮緩緩閉上。

呂雅薇將姜奎放到了自己的腿上，嘴裡輕輕哼著搖籃曲，讓姜奎沉沉睡去。

過程陸天遙不發一語，只覺得眼前情況十分不可思議，靈魂在這是不需要睡眠的，也不會感覺到疲累，但姜奎卻睡著了。

「我該怎麼稱呼您呢？」呂雅薇的手撫摸著姜奎的小腦袋。

「我叫陸天遙，不需要對我使用敬語。」他打開了那本淡粉色的筆記本。

在這個世界，所有前來的人類，都有一本專屬的本子，在來到的同時，本子便會自行出現在離管理員身邊最近的書架上。

「那，我們來到這裡是為什麼？」呂雅薇抬頭，看了四周，「死亡後的世界，應該不是這個樣子。」

「對於你們姨姪都能在第一時間發現自己死亡的消息，說實在的讓我很驚訝。」

看樣子這位呂雅薇比較清醒，至少看起來比較願意聊聊。

「大概是因為，我一直以來都明白死亡終將來到，所以才能平靜接受吧。」她低頭看著在自己腿上睡著的姜奎，「加上這裡還有小奎……一見到他，怎樣也能明白這邊已經不是人世間了。」

聽到呂雅薇這麼說，陸天遙終於能夠稍微鬆一口氣，看樣子總算能開始寫故事了。

一想到那些來者終於可以安靜下來，陸天遙心情就好上不少，所以他拿起了墨條，開始在硯台上面磨墨，黑色的墨汁隨著水暈開來。

接著從一旁的筆架拿下一枝毛筆，在淡粉色的書上寫下了呂雅薇三個字。

「這裡的圖書館專門蒐集各式各樣的故事，姜奎來了好幾天了，始終不肯說出他的故事。」

「他一個字都沒說嗎？」呂雅薇問。

「他只說了他是被媽媽殺死的，以及死前的一些景象。」

「什麼景象？」

陸天遙停頓了一下，「他死的時候，妳在身邊嗎？」

呂雅薇愣了下，有些自責地搖頭，「嚴格說起來不在同一個空間，但我的確是在現場，所以我知道小奎被我姊姊……」她捂住嘴，哽咽起來。

「所以，他真的是被媽媽殺死的？」

呂雅薇聲淚俱下，「是的，但是請你明白，我姊姊並不是什麼十惡不赦的壞人。」

「是不是壞人，對我來說都沒有意義，我這邊只記錄故事。」

「難道這裡不是什麼十殿之一，要經過一層層的關卡與審判，最後到閻羅王那嗎？」

「不，這裡基本上連陰間都還不太算，算是一個過渡站罷了。」

「所以我們在這裡說的話，不會成為往後的審判依據？」

對於呂雅薇的話，讓陸天遙有些好奇，「看樣子，妳有信奉的宗教？」否則怎麼會問出這樣的話呢？

「誰沒有一點信仰呢。」她輕笑，「我只是想問清楚，怕說了些什麼，影響到了姊姊。」

「別擔心，不會那麼複雜，這裡還不是陰間，所以不會有什麼審判的事情，妳所說的都只會寫下，在這本書裡面，成為來來往往的人們所借閱的故事。」

「那借閱這些故事的人是誰呢？」呂雅薇好奇。

「這妳就不需要知道了。」陸天遙瞇眼微笑。

呂雅薇知道，這是他的拒絕，所以她輕輕嘆息，「看來，我們一定得把自己的故事都給說出來，才能出去，對吧？」

「沒錯。」

「那我想小奎是沒有辦法說出發生了什麼事情的，如果可以，就由我這位阿姨來說吧。」她的手再次撫摸了姜奎的臉蛋，露出了一絲憐愛。「我不知道陸先生您有沒有發現，小奎他是個沒有辦法行走的孩子。」

陸天遙的確沒發現這件事情，因為自從姜奎一出現在這裡，就一直是坐在木椅上。

「這是先天的嗎？」

「不，不是的，也許我應該要從頭說起。」呂雅薇一說完，她的左手邊也出現了一個漂亮的白色桌子，上頭放了一台膠囊咖啡機，她熟練地按下了按鈕。一杯熱騰騰的咖啡就這麼完成，「你要喝一杯嗎？」

陸天遙搖頭微笑地拒絕了。

她輕啜一口，終於開口：「我的姊姊叫做呂家琪，我們年齡相差很多，她大了我十歲。」

＊

呂家琪和呂雅薇，都不是在父母預料中出生的孩子。

呂家人原本有個長子，但在長子十歲那年，過馬路的時候被車撞死了，所以呂家父母非常傷心，但隔年，與哥哥相差十一歲的呂家琪出生了，從此父母將所有的愛都灌注在呂家琪身上。

但這樣沉重的愛，讓呂家琪產生了抗拒，叛逆期來得很早，幼稚園便會偷學校小朋友的鉛筆，直到國小一年級，已經會偷拿家裡的錢去學校當大姐頭。

父母不知道要怎麼教導這個因為溺愛而走偏的孩子，加上每次犯錯被抓到，呂家琪便會哭哭啼啼地道歉，那可愛的臉蛋讓父母一再心軟。

一直到呂家琪十歲，她已經是一個完全無法被控制的孩子，她很懂得利用父母的弱點，也很明白大人愛聽些什麼，學校的同學們也以她為中心，她已然成為一個小霸王。

而在這時候，呂雅薇出生了，這一次，父母把所有愛都轉到了她的身上。

呂家琪對於妹妹的出生並沒有太多的感覺，只是暫時認為父母把注意力轉到了呂雅薇身上，讓她更加自由，她感到十分滿意，可是很快地，她發現不只是注意力，連一切的愛與關懷，好像也都到了妹妹那，這對原本受盡寵愛的她，在心裡有了強烈的不平衡。

「雅薇，妳要吃布丁嗎？」呂家琪拿著便利商店買來的新口味，看著正自己玩著洋娃娃的呂雅薇。

「要！我要吃！」四歲的呂雅薇立刻放下洋娃娃，伸手向十四歲的呂家琪討著布丁。

「好呀，過來。」呂家琪抬起下巴，才十四歲的她當時已經有了張早熟的漂亮臉蛋，只要上點妝，說這是高中生也有人相信。

也因此，呂家琪在學校的人緣非常好，她不需要做些什麼，就會有一群人圍在她的身邊，宛如眾星拱月的女王一般。

呂家琪嘴角帶著不懷好意的微笑，拿著布丁爬上了沙發，並打開了沙發上頭的窗戶，四歲的呂雅薇左右搖晃地跟著她的姊姊爬上沙發。

「快過來這邊吃。」呂家琪拉開了安全裝置的窗戶，一腳跨出了窗台，一腳踩在沙發上。

呂家琪打開布丁的蓋子，並且拿起小湯匙在呂雅薇面前晃呀晃的，自己還張開嘴巴想吃掉。

「啊～」呂雅薇小手在前面晃，跟著要爬上沙發頂端。

「雅薇，布丁在這喔。」呂家琪把布丁放到了窗戶欄杆上，然後輕輕地打開了外層鐵窗安全護欄的鎖。

「我要吃！」呂雅薇踩上了鐵窗台上，年紀尚小的她根本不會害怕六樓的高度，她的眼中只有布丁，於是她伸手拿起了就在鐵窗開口的布丁，就這樣一屁股坐下，吃起了布丁。

「好乖呀。」呂家琪瞇起眼睛笑著，看著四歲的呂雅薇背影，於是她伸出手，輕輕推了呂雅薇一下。

「哇！」呂雅薇手上的湯匙沒拿好，從鐵窗的欄杆細縫下掉了下去，打到了樓下的遮雨棚，落到了後巷之中。

「哎呀，湯匙掉了。」呂家琪笑了聲，又推了呂雅薇一下。

這一次，換布丁掉下去了。

「啊！」呂雅薇看著黃色的柔軟布丁在空中脫離了盒子，先是撞到了鐵欄杆邊緣而碎裂兩塊，再從隙縫之間掉下去，柔軟的布丁在空中彷彿受到空氣的擠壓而變形，與盒子分開。

金黃的布丁摔碎在樓下的遮雨棚頂，而盒子繼續往下落，沿著遮雨棚、遮陽板、牆壁等，一路的撞擊發出了咚咚咚的聲響，接著掉落在後巷。

「啊，我的布丁……」呂雅薇好可憐地說著，她甚至將頭探出了鐵窗上已經敞開的安全門。

而呂家琪在後頭笑著說：「哎呀，怎麼辦啊？布丁掉下去了，就都怪妳沒有拿好，我還沒吃到呢。」

「我還想吃……」呂雅薇咬著指頭，盯著下面早已看不見的布丁。

「但是我只有一個布丁呀，被妳弄掉了。」呂家琪揚高聲音。

「怎麼辦……」

「去把它撿起來呀！」呂家琪大聲說，並不懷好意地笑著。

「可是我不會下去……」才四歲的呂雅薇並不怕高，她說這句話的意思就單純的是「不知道要怎麼下去」，所以她用求救的眼神看著呂家琪。

「很簡單啊，跳下去不就行了？」

「姊姊，我不會。」

「那我幫妳呀。」呂家琪帶著狂喜的笑容，說完便兩手一舉，就要往呂雅薇身上推去——

「妳在做什麼！」就在這個時候，張彩莉，也就是呂氏姊妹的媽媽，她的聲音從後頭傳來。

「嘖！」呂家琪覺得惋惜，但是她很快揚起了陽光般的笑容說：「雅薇不乖，她太調皮了爬上窗台，說要看小鳥，我現正在把她拉下來呢！」

說完，她趕緊將呂雅薇抱了下來，不忘說著：「雅薇怎麼可以這樣子，這樣很危險呢，不乖。」

張彩莉見狀也趕緊抱起了呂雅薇，「真是的，還好有姊……」但就在這個瞬間，張彩莉注意到了通往鐵窗，也就是沙發上的窗戶上的安全鎖被打開了。

那並不是呂雅薇這樣四歲的孩子可以輕易解開的鎖，所以她狐疑地看了呂家琪一眼，可是呂家琪卻帶著可愛的笑容，將手放在身後看著張彩莉和呂雅薇。

那天真又可愛的模樣，讓張彩莉覺得不該隨便地懷疑自己的女兒。

於是這件事情，就這麼不了了之了。

「你相信嗎?那個時候才十四歲的姊姊，她居然嘗試要殺掉我。你要說，那是什麼也不懂的孩子的嫉妒嗎?」呂雅薇邊說邊苦笑著，此刻的她並不恐懼，也沒有怨恨呂家琪。

她只是在敘述一件過去的事情，而這個過去卻讓她直到現在依舊百思不得其解。

「女人之間的情感，有時候是很複雜的。朋友們之間都是如此了，何況是親生姊妹呢？」陸天遙如此回應。

「是啊。畢竟不管怎麼樣，她也是我唯一的姊姊。」呂雅薇優雅微笑著，「況且在我們為數不多的共同生活的日子之中，這也不是她第一次這樣對待我。」

「她還有過其他想要對妳惡作劇……」陸天遙停頓了一下，想要把四歲的妹妹推下陽台，這可不是輕易的惡作劇三個字就可以簡單帶過的。

所以他改口：「應該說，想要傷害妳的其他意圖嗎？」

「當然，也許無論是怎麼樣的嫉妒，本身就是很恐怖的吧？想把我推下陽台是一回事，實質上傷害我又是另一回事了。」說完呂雅薇抓著自己的領口，然後往左邊肩膀拉了下來，那有一條長長的疤痕。

「這是什麼？」

「這可是我親愛的姊姊，她所做的。」呂雅薇帶著淒楚的微笑。

那是呂雅薇剛上小學不久的事情，不過也才七歲。

即便如此，她也擁有如同呂家琪一般美好的臉蛋，只有七歲也能看出未來必定是美人胚子，況且除了這樣，還是人見人愛又優秀的好孩子，走到哪都是父母感到驕傲的女兒，這讓呂家琪對日漸長大的妹妹嫉妒心更重了。

而那一年，呂家琪十七歲。

她會抽菸、蹺課、與朋友和男朋友廝混、並出入一些不良場所。

那時的呂雅薇懵懵懂懂，但至少下意識地明白，呂家琪討厭自己，所以不要和姊姊靠得太近，因為呂家琪並沒有掩飾對她那赤裸裸的恨意，讓呂雅薇感到有點害怕。

有一天，爸爸呂士能和媽媽張彩莉有事情，無法趕回來一同晚餐。他們特別叮嚀呂家琪要回家照顧妹妹。

但呂雅薇希望這位姊姊別回來，她一個人也會泡泡麵……但就在她這麼想的時候，家門打開了。

呂家琪穿著過短的黑裙，白色的襯衫最上面好幾顆扣子都沒扣，可以見到她發育良好的雪白將書包的背帶卡在其中。

她吸著菸，一臉鄙夷地看著穿著高級私立小學制服的呂雅薇，見狀，呂雅薇嚇了一跳，雙手握在裙襬上瑟瑟發抖，同時她也發現，不是只有呂家琪一個人，她身後還跟了另一個男生回來。

「這小可愛是誰？」男生嘴裡也叼著菸，穿著和呂家琪同款的制服，蹲了下來將煙吐在了呂雅薇臉上。

「咳咳咳……」呂雅薇面對突如其來的刺鼻煙味感到嗆鼻，連續咳了好幾聲，口水還不小心噴到了眼前男生的臉上。

「哎唷，小鬼的口水。」男生沒有生氣，而是痞痞地一笑，用手抹去了後還聞了下，「香的。」

「你噁不噁？」呂家琪翻了白眼。

「嘿嘿，妳妹妹跟妳長得還真像。」男生起身，菸灰隨意地落在了地板，呂雅薇一見狀，立刻抽起旁邊的衛生紙撿起。

「哇，這樣好像我做了什麼壞事一樣。」男生誇張地往後退。

「別理她，她就是喜歡這樣裝乖。」呂家琪將菸蒂從家門外丟出去，順道抽走男生手上的菸，也朝外丟去，「姜紹察，你來我家是來看我妹的嗎？」

「當然不是，是妳說今晚妳父母不在。」他嘿嘿笑著，起身勾住了呂家琪的肩膀，手卻不安分地往下游移到了她的胸前，大肆揉捏。

呂雅薇年紀很小，她看不懂那是什麼意思，只是隱約覺得這樣好像不太好。

「看屁呀，妳總有一天也會這樣的。」呂家琪用力推了呂雅薇一下，讓她屁股朝後坐了下來。

「可憐的小東西。」名為姜紹察的男生彎腰扶起了呂雅薇，還伸手碰了一下她的臉蛋，這讓呂雅薇本能地甩開，並立刻往後跑回房間，上鎖躲了起來。

「哈哈哈哈，沒用的小鬼。」呂家琪大笑著。

然後他們竊竊私語，帶著笑聲和一些碰撞聲響，呂雅薇不敢走出去，她可以隔著那薄薄的木板聽見他們的聲音，明白呂家琪和姜紹察兩人在客廳不知道玩些什麼，聲音好大，呂家琪好像在笑，又好像在哭，夾帶著她的喘息聲音，還有姜紹察的低聲吼叫聲，他好像打了她，可是呂家琪卻很開心地大笑著。

呂雅薇覺得肚子好餓，可是她總覺得，不要打開門比較好。

那一天的最後，似乎是她睡著了，然後被門板劇烈的震動給吵醒，她揉著眼睛聽見了父母的吼叫聲音，打開了門，瞧見了張彩莉慌張地問：「姊姊去了哪？」

她不是就在客廳嗎？

可是當她看見呂士能從呂家琪的房間走出來時，注意到了呂家琪房間似乎一團糟，而她的姊姊，永遠消失了。

陸天遙聽到這裡後，稍稍停了一下。

「妳姊姊從那天後就不見了？」

「當然不是，我長大以後有找到她，否則，怎麼能見到我這可愛的姪子呢？」她笑著，將自己肩膀上的傷口遮了起來，然後望著腿上的姜奎。

「姜奎，就是姜紹察的孩子？」

「沒錯，我姊姊和當年那個男生離家出走了，原以為她是一時興起的玩樂，沒想到卻跟了對方那麼多年，更甚至組成家庭生下了孩子。」

「如果妳直到很久以後才見到呂家琪，那妳肩膀上的傷口又和她有什麼關係呢？」

「啊……」呂雅薇一臉茫然，雙眼失神，接著緩緩對焦看著他，「我忘了說，那是在姜紹察來我們家之前的事情了……」

陸天遙看著自己的筆記本，看樣子這位呂雅薇的故事也會跳著講，他不想再從頭寫了，於是陸天遙直接在姜紹察的名字前畫上一個V，打算用這樣的方式添加故事內容。

「那時候我要升上小學前，大概是幼稚園畢業典禮當天，因為姊姊和爸媽都有來幼稚園，然後……」

然後，幼稚園舉辦了一個簡單的下午茶派對，在草地上有著種類繁多的點心和三明治，一旁還請來了表演團隊，小朋友們可以各自選擇是要帶動唱跳，還是要玩沙或是吃東西。

呂雅薇身為幼稚園最可愛的小女孩，身邊總是圍繞著一群人，不過小朋友們除了喜歡同年齡的可愛孩子外，更喜歡可愛的大姊姊，也因此，呂家琪成為了小朋友們黏上的對象。

在那個當下，呂雅薇稍稍理解了自己的出生，奪走了呂家琪的寵愛的這件事情，是有多麼寂寞。

「雅薇，妳怎麼一個人呀？」幼稚園的蘋果老師發現她難得落單，便過來搭話，想到以後再也見不到這位可愛的小女孩，就覺得有點寂寞。

「大家跑去跟我姊姊一起玩了。」

「雅薇的姊姊也很可愛呢，妳們一家人基因很好唷。」蘋果老師是個大學剛畢業沒多久的女生，見到呂家一家人總是驚豔。

「謝謝蘋果老師，蘋果老師也很可愛。」在呂家長大，呂雅薇從小便很懂得察言觀色，算是個很會說話的小孩。

「要不要老師拿點蛋糕還是點心水果給妳吃呢？」

「謝謝老師。」她有禮貌地說著，來到了以幼稚園來說相對比較偏僻的角落坐好等待，但是端來點心的卻不是蘋果老師，而是呂家琪。

「怎麼一個人怪可憐的？」呂家琪手裡拿著蘋果，嘴角泛起微笑，似乎很高興看到呂雅薇獨自一人。

「蘋果老師呢？」她張望，卻沒見到。

「她去照顧其他小朋友了，在家不夠，連在這也要老師將所有注意力放到妳身上呀？我跟妳說，別以為自己永遠都是他人關注的對象，也別覺得自己很可愛，外面比妳可愛乖巧的人多得是，不會有人理會妳的。」呂家琪坐到了她的旁邊。

呂雅薇知道呂家琪又在挖苦她，面對自己的姊姊，她也學會不要有任何反應，顧左右而言他就對了。

「姊姊也要吃蘋果嗎？」

「哼，不然特地拿來餵妳嗎？」呂家琪看著紅通通的一顆蘋果，「但這地方怎麼回事？為什麼沒有把蘋果削好切好再端出來呢？這樣怎麼吃呀？」呂家琪邊笑邊說，不知從哪拿出了水果刀。

「所以說，我現在要來削皮。」她的表情讓呂雅薇有點害怕，她跳下椅子想要離開，卻被呂家琪用力拉住並且往後摔回椅子上。

「坐好，我要削皮給妳吃！」呂家琪跨坐到了她的身上，嬌小的呂雅薇哪有辦法推開當時十六歲的呂家琪。

她猙獰地笑著，蘋果就抵在呂雅薇的鼻尖上，並用刀尖滑過蘋果表面。

「乖呀，雅薇，要是妳亂動的話，這刀子就會跟布丁一樣不穩，滑下去……只是這一次不是後巷，而是會落在妳的臉上唷，這麼可愛的臉，妳不想有傷痕吧？」呂家琪一個字一個字慢慢說著，這讓呂雅薇掉下眼淚，她覺得好害怕。

見著她這樣的反應，呂家琪笑得更是開心了，更是特意地放慢削蘋果皮的速度，那銀亮的反光刀子就在呂雅薇的面前，好幾次幾乎就要碰觸到她的臉，她甚至都能感覺到那鐵的冰冷。

蘋果貼在她的鼻尖旋轉，伴隨蘋果的香氣，還有刀子的恐懼，摻和著鹹鹹地淚水，呂雅薇快要叫出聲音，多希望這時候有人經過，誰都好。

「好啦，我削好了！」呂家琪的惡趣味終於結束，她的刀工了得，蘋果皮居然都沒有斷裂，長長的紅皮就落在呂雅薇小小的身軀上。

「接下來，讓我餵妳。」但是惡夢還沒結束，呂家琪用刀將蘋果切了一個小方形，並插在刀尖上，「啊～姊姊餵妳～」

「不……不要……」呂雅薇抽抽噎噎，她總感覺自己張開嘴，呂家琪就會「不小心」用刀尖劃過她的嘴，讓她流血。

「乖，聽話，張開。」呂家琪收回笑容，惡狠狠地盯著她。

她知道自己逃不了，無論張開嘴或是不張開，都會被傷害。

於是她心底湧現了不知道哪來的勇氣，伸手想要奪過刀子，但是呂家琪動作更快，一手掐住她的脖子，另一手把刀舉高，有點詫異又帶著讚揚：「妳居然想反抗我呀？這樣很好啊，乖乖的承受多無趣，妳說是吧……」

「咳……咳咳……」呂家琪的力道很大，被掐住脖子的呂雅薇幾乎不能呼吸。

「但是……必須給妳個教訓才行。讓妳知道，我是妳永遠無法反抗的權威。」說完，呂家琪沒有猶豫地，將刀尖刺往了她的胸口，應該說，是左肩的部分。

「啊——」呂雅薇因劇痛而尖叫，在呂家琪退開她的身上時，她彷彿看見了她嘴角那恐怖的笑容。

呂家琪再次過來握住刀尖，把刀子從呂雅薇的左肩拔起，並用力捏緊，在自己的手掌心也割出了不淺的傷痕，她卻只是輕微的皺眉，帶著愉快的笑容。

然後在大人們從她的身後奔跑過來時，她帶著狂暴的笑容頓時變成泫然哭泣，她大喊著：「好痛，快點救救雅薇，她想自殘——」

第三章

女兒

陸天遙在圖書館之中來回踱步，然後看了一下放在桌面上的淡粉色簿子。這還是第一次，遇到這麼不乾脆的說故事人，他這套書籍到底要花多久的時間才能寫完呀？

「喵～」黑貓在陸天遙腳邊繞了圈，陸天遙彎腰要抓起黑貓，牠卻一口氣跳上了他的手，並沿著手臂爬上了他的肩頭。

「你也覺得奇怪吧？」陸天遙伸手摸了前後腳分別在他左右肩的黑貓，「每次來的人，都能一口氣說完故事，即便一本書要透過好幾個人才能完成，但每一個人都不會這樣拖好幾天還講不完自己的故事。」

剛才呂雅薇故事說到一半，忽然打了哈欠，說她累了想休息。

「靈魂怎麼可能會累？就連之前徐禮還沒死亡，也都不會感覺到累了……」陸天遙看了下書櫃旁邊多出的紅色鐵門。

就在呂雅薇說了想睡了後，那鐵門便直接出現，圖書館裡頭的空間能任意變換，但通常會依照陸天遙心所想，或是呼應靈魂的記憶而產生變化，但大多也只是多出了床、椅子、茶點等東西，這還是第一次出現一扇門，而門後甚至有呂雅薇和姜奎生前的家。

「那是我姊的家門。」當鐵門出現後，呂雅薇馬上一笑，搖醒了睡覺的姜奎。

「快醒來，我們回家睡覺了喔。」

「媽媽呢？」姜奎揉著眼睛，看起來還是那七歲模樣。

「媽媽暫時還沒過來，沒關係，我們回家等她。」說完，她便拉起姜奎的小手，朝那紅色鐵門進去。

陸天遙就這樣看著他們消失在鐵門之後，也沒有打算制止他們。

「這情況還真是奇怪，你覺得他會知道嗎？」陸天遙問黑貓，這邊所說的「他」，當然也就是白門之後的他了。

說時遲，那時快。就在這個時候，白門倏地出現。

「除了我以外，還有另一扇門在圖書館裡頭出現了呀？」陸天遙還不用說話，白門後的人彷彿心電感應一般。

「你那邊狀況如何？」

「一如往常，沒什麼改變。」

「那你知道，為什麼會發生這樣的變化嗎？」

「哈，我怎麼會知道，我們不是一起來的嗎？」白門後的人嘲諷，「但是，近千年沒變化的圖書館，終於產生了變化，這是不是代表改變來了呢？」

聽聞他的意思，陸天遙一凜，「你是說……」

「近千年，人間也不過過了三年多，我原本覺得太快了，但現在想想，是不是快到了？」

陸天遙摸著黑貓的手不自覺地用力，黑貓吃痛地哈了聲氣，跳離了他的肩膀。

看著黑貓在地板上對著他皺鼻，陸天遙才回過神對著黑貓說：「抱歉。」

「這事情真的這麼讓你動搖？」白門後的人有點詫異，「我還以為，你沒了感情呢。」

「我可不是你。」陸天遙嘖了聲，蹲下來朝黑貓伸手，「我很抱歉。」

「喵喵！」黑貓的尾巴用力地甩著地面，轉身朝白門走去，並且伸出貓掌碰觸著白門。

「你知道規矩的。」他再次提醒，卻驚覺，黑貓最近的確更常想接近白門，這是過往幾千年來不曾發生的事情。

陸天遙思考白門後的人所說的話：「人間才過了三年多……我們就能知道真相了嗎？」

「你也聽過那群怪物說的了，待得比我們久的管理員，最後都因為上面的人對故事已經失去了興趣，而被『資遣』了。」白門後的人笑著。

資遣，還真是好聽的說法。

「別說他們是怪物，他們是來者。」陸天遙糾正。

「『噬』讀人類悲劇故事的不是怪物，是什麼？」白門後的人冷言，並不打算改變說法，「罷了，不和你爭這些，但你也可以把我所說的考慮進去。」

說完這句話後，白門再次消退，而陸天遙看著黑貓捲著尾巴，朝原本白門位置的牆壁喵喵叫著，彷彿不捨，彷彿眷戀。

考慮他所說的話嗎……

所以，他們的故事，就快要能夠完成了嗎……？

陸天遙甩頭，告訴自己，別保有連個影子都還看不到的希望，畢竟沒有希望就不會失望，這樣待在這邊，才會更加容易一些。

圖書館裡頭再次出現來來往往的黑影，來者們總是來無影去無蹤，他們穿梭在這佇立好幾萬年的圖書館中，啃噬著人世間的貪瞋癡慢疑，並且津津樂道，不夠血腥、悲慘、黑暗，他們甚至還會抱怨，怎麼許久沒有好看的故事了呢？

越有張力的故事，那主人翁越是悲慘。但是來者們才不在乎這些是不是真實發生在某個人類身上，應該說，他們巴不得人類這麼慘，這樣他們的閱讀品質才會更有趣。

「我要借閱這本。」來者來到陸天遙的面前，拿了一本深綠色的書籍。

「這本是一個小島咎由自取，最後走向滅亡之路。」他將這本書放到了牛皮紙袋中，遞給眼前的來者。

「你記得這裡的每一本書？」來者問。

「是的，這是管理者必須具備的基本條件。」陸天遙微笑。

「這麼說來，上一位管理者也是這樣呢，我還曾和她津津樂道這裡的書籍，真是想念她啊。」雖看不見來者的面容，但可以知道他正在笑著。

在近千年前，他和他忽然出現在這座圖書館，那時的管理者是一位女性。

「小弟弟們，你們要告訴我什麼故事呢？」她眼角有顆淚痣，大紅色的口紅襯托在她白皙的肌膚上很是好看。

他們兩個對看一眼，牽著的手只能說出：「我們……沒有故事……」

「有故事的人，才會來到這。」女人婀娜地從陰暗處走了出來，穿著大紅色的旗袍，頭髮盤在後腦。

當她見著了陸天遙他們，張圓了眼睛，詫異地說：「哎呀，你們是雙胞胎呀。」

＊

「請問……」

陸天遙再次回神，發現呂雅薇站在他的面前。

「不好意思，你好像在想事情，但是我叫了你好幾聲了。」

「沒事，是我沒注意。」陸天遙微笑，看著呂雅薇和七歲的姜奎又坐在紅色的沙發椅子上。

「我們剛吃了一點早餐，你需要用餐嗎？」呂雅薇問，這讓陸天遙狐疑地朝著呂雅薇所比的方向看去，那居然有張餐桌，還留有他們兩個剛才用完餐的盤子。

這又是另一件讓陸天遙震驚的事情了，死去的靈魂還需要吃東西？更別說這家圖書館還提供了廚房跟餐桌，那又是哪來的食材？

再這樣下去，這姨姪該不會就這樣侵佔圖書館了吧？或者是，變成了新的管理者？就如同當初他們一樣？

那到時候，他們該去哪？

一想到這裡，陸天遙不禁有些害怕，而這害怕的情緒已經很久不曾出現，讓他既覺得新奇，又有點期待。

「陸先生？」

「叫我陸天遙就好。」他再次說，「妳今天可以繼續說故事了嗎？」

「啊……當然可以，但我想問一下，是不是我們若不說完故事，就無法離開這裡呢？」呂雅薇小心詢問。

「是的。」陸天遙內心不安的種子悄然種下，同時也期待若自己的管理員身分真的被替代掉了，會有什麼後果。

當年，他們就是說不出自己完整的故事，才會替代了那個女人。

而女人最後去了哪？

他瞥了眼白門原本的位置，也許白門後的他會有答案吧。

「嗯……一直待在這裡，會發生什麼事情呢？」呂雅薇又問。

「妳可以試試看。」陸天遙說這句話，並沒有任何威脅的成分，但也許是因為他的笑容太過虛假，令呂雅薇些些發顫。

「我們不會想待在這裡。」所以呂雅薇回應。

「是呀，我們還要找媽媽。」姜奎也搭話。

呂雅薇摸了摸姜奎的頭，「是呀，我們還沒找到媽媽呢。」她的話聽起來言不由衷。

「那我們就繼續吧。」陸天遙走回了大桌邊，拿起了毛筆沾墨，瞧見了黑貓不知何時跳上了餐桌，正在享用著牠的飼料時，陸天遙皺眉，什麼時候牠也需要吃東西了？

「我們講到姊姊離家……」

陸天遙一頓，「不，妳有繞回去講幼稚園畢業典禮那天，呂家琪動手傷了妳。」

「啊……對，她刺了我的右邊肩膀。」她伸手拉下了衣服，露出右邊肩膀上的傷痕。

「……妳之前是說，傷到了左邊。」陸天遙提醒，而呂雅薇卻一臉茫然。

「是這樣嗎？」呂雅薇拉下左邊肩膀的衣服，那裡沒有傷痕，「是右邊。」

陸天遙看了自己的記錄本，的確是寫左邊。忽然，他想明白了一件事情。圖書館的確會為了想讓前來的人類靈魂說出他們的故事，而盡量滿足他們，營造出最舒適的環境。

這些前來的人們，說出的都是他們所相信的事實。所以無論事情的本質是真是假，對這些說故事的人來說，都是真實的，那是他們的角度所看見的，他們所相信的事物。況且故事本來就是真真假假，人生亦然。

所以陸天遙從來沒有去懷疑，這些人類說的話的真實性，只要故事精采，真假又如何。

但見到眼前的景象，讓他頓時有些疑惑，如果說圖書館會根據這些人內心真實的想法去改變外形或是空間，那，昨日的呂雅薇相信自己受傷的地方在左邊，今天卻變成右邊，是否表示，呂雅薇自己的腦袋也不清楚？

陸天遙的手頂在下巴，沉思著，看樣子這個故事並不好寫。

「請問……我能繼續說了嗎？」呂雅薇小心翼翼地問，而陸天遙注意到，她的手還是靠在姜奎肩膀上。

「可以，請說吧。」現下也只能先這樣，反正到時候再來順邏輯和時間，讓故事精采即可。

「我姊姊傷害了我以後……」

「媽媽不會傷害人。」姜奎抗議，昨天講這段故事時，他正在睡覺，所以此刻聽到後，他正為媽媽所辯駁。

「沒錯，小奎乖，你的媽媽不會傷害人的。」呂雅薇摸著姜奎的手。

再一次的，綠色的小熊又平空出現，姜奎的身體從七歲再次逐漸縮小，雖然沒差多少，但看起來好像是五或六歲。

「睡一下好嗎？小奎。」呂雅薇說完，輕輕地在姜奎的額頭上落下一吻，而姜奎的眼睛也緩緩閉上。

陸天遙饒富趣味地看著這一切，而呂雅薇說了句：「晚安，我的小奎。」後，他又真的又再次熟睡，呂雅薇收起了笑容，清冷地看著眼前的陸天遙。

「有些話，不方便讓孩子聽到，你也明白。」

「但都到了這，他還是需要知道吧？」陸天遙出於自身的情感而反駁，大人們總以為善意的謊言是對孩子們好，但卻不明白，不清不楚的搪塞話語，只會將孩子推往死胡同。

就如同當年的他們一樣。

「在孩子心裡，媽媽總是世界上最好、最善良的人。」呂雅薇摸著姜奎的額頭，「即便他的媽媽實際上是個邪惡至極、陰險狡猾的人，孩子還是不允許他人褻瀆自己的母親。」

陸天遙仔細觀察在說著這些話的呂雅薇，她握緊雙拳，些些地顫抖，咬著牙看著懷中的姜奎苦笑，「母愛，有時候是種母礙。」

陸天遙對這句話十分贊同，不過此刻他並不方便發表自己的意見，所以他能做的只是點頭微笑，然後拿起毛筆沾了沾墨水，打開了那本屬於呂雅薇的本子，接著做了個請的手勢。

「那麼，我現在要繼續說故事了。」呂雅薇明白。

在呂家琪離開家了以後，對於呂家人來說並沒有太多的差異。即便那時候才小一的呂雅薇也知道，只要到學校去，就能夠找到呂家琪，但是不知道她的父母是沒去，還是有去只是放棄了。

在呂家琪的高中畢業典禮當天，呂士能和張彩莉因為工作的關係出了遠門，那一天在保母的陪同之下，呂雅薇說了要去呂家琪的高中看看。

她也不知道自己想看見什麼，只是多少希望呂家琪後悔離家出走，但是當她看見呂家琪和她的朋友們有說有笑、勾肩搭背的拍著畢業照，以及和姜紹察在眾人面前接吻，頓時呂雅薇覺得，呂家琪在外面好像比較開心，她不回家也沒關係了。

「走吧。」所以八歲的那一年，呂雅薇在心裡和這個姊姊做了告別。

一直到了很久很久以後，她們姊妹才再次相遇。

就這樣，呂雅薇升上了小學四年級，當時的她已經更加成熟，懂得怎樣的行為模式大人會喜歡，以及要怎麼表現，才會在大家眼中是個懂事又可愛的小女孩。

那時她記憶最深刻的，是某次到了一間大飯店的頂樓包廂，參加了呂士能夫妻所開設的公司的其中一位客戶的紀念酒會。

呂雅薇從來沒有出席過那麼高級的聚會，水晶燈在天花板上閃爍，一大片落地窗可以看見台北美麗的夜景，而所有人都穿著正式的晚宴禮服，以及端著盤子穿梭在人群間的白西裝服務生，兩旁的長桌子鋪有高級絲綢的餐桌布，甚至還有兩座香檳塔。

餐桌上放有各式各樣的異國蛋糕和點心，還有當時呂雅薇根本不懂價值的高級食材，這裡簡直是上流社會的聚會場所。

「這位就是你們的女兒呀，跟個小公主一樣呢。」

呂雅薇繫著兩束辮子，身上是優雅的黃色洋裝，雙手交疊在腹部前，帶著微笑看著這些大人，任由父母讚揚她有多麼優秀、成績多好、小提琴考到了第幾級等。而她也樂於接受眾人的讚美。

「好快啊，上次見到還這麼小，現在已經小學四年級了。」

「妳記得我嗎？我們常常在會場見面呀。」

「出落得亭亭玉立，將來一定不會讓你們失望的。」

「是啊，她還可以接替我們的職位。」張彩莉的手掩在嘴前，笑得十分驕傲。

「這是一定的。」

「老師一定會很高興的。」

大人們此起彼落說著，即便呂雅薇年紀尚小，但是也看得出來這些大人與其他同學的家長們不太一樣，她的父母認識的人，感覺都很厲害、很優秀。

但正當這一片歡騰的氣氛正好時，忽然有個大叔問道：「對了，你們家的大女兒還是沒有回來嗎？」

此話一出。讓氣氛一下降到冰點。

所有人面面相覷，但很快地，張彩莉趕緊笑了幾聲：「她呀！就算了吧，小孩子長大了就是會去別的地方。」

「我們讓她在外面飛了一圈，最後她還是會覺得，世界各地怎麼比得上最初的鳥巢。」呂士能說完，舉起了手上的酒杯，與張彩莉乾杯。

「說得真好啊，孩子就該讓他們去外面受點苦，他們才會明白，父母的悲哀。」

「是，我們所做的一切，都是為了孩子，只可惜孩子永遠不懂。」

「他們都要等當了父母以後才明白我們的無奈。」

「對呀、對呀，為什麼他們都不會想呢？」

大人們再次此起彼落說著，氣氛又回來了，呂雅薇在心裡稍稍鬆一口氣，並暗腹剛才那個叔叔很不會看場合說話，她明白呂家琪的離家，對一個家庭外在形象有多傷，所以這時候只剩下她這個妹妹了。

她趕緊拉了拉張彩莉的禮服裙襬，水汪汪的雙眼眨呀眨，抬頭看著她說：「別擔心，媽媽，我不會貪圖外面的世界，我永遠都會是你們最自傲的女兒。」

這句話讓現場所有的大人都笑開了，直說有呂雅薇這位女兒實在是三生有幸，這些都是老師的保佑等等。

對於那一場聚會，呂雅薇最深的記憶，除了餐點好吃、地方很豪華以外，就是那個地方都是喜歡她的人，會欺負她並且討厭她的姊姊並不在這裡。

但最重要的一點是，她在那裡向大家宣告了她與呂家琪的不同，呂家琪會遺棄家人，但是她不會，她才是最讓父母驕傲的小小女孩。

所以從那一天起，呂雅薇喜歡上和父母的朋友聚會的日子，雖然像那次一樣在大飯店的高級聚會不是常常有，但每個禮拜幾乎也會到不同的叔叔阿姨家小聚一下，而那些叔叔阿姨家的豪華程度也不比那飯店差。

印象最深的一個就是，其中一個張阿姨家裡有游泳池，每次去他們家的時候，呂雅薇總是會和她兩個兒子一起玩，哥哥比她大一歲，弟弟比她還小兩歲。

「呂雅薇，妳相信人，其實是可以飛的嗎？」當時他們在游泳池旁邊玩耍，大人們在落地窗邊的屋子裡聊天，從這大人可以瞧見孩子在做什麼，所以張彩莉時不時要他們離游泳池遠一點。

他們三個小孩在一旁的兒童池潑水，但是大自己一歲的哥哥卻忽然這麼問。

那時候的哥哥也已經五年級了，怎麼會說出這麼可笑又荒謬的話呢？

「人坐飛機就可以飛，你不會是想講這個吧。」呂雅薇抬起下巴。

「才不是，我有那麼無聊嗎？」但是哥哥翻了白眼，「我說的是人可以直接飛起來。」

「那怎麼可能！人又沒有翅膀。」呂雅薇失笑。

「是真的喔，哥哥真的會飛，我看過喔！」但是一旁的弟弟趕緊附和，見他們說得煞有其事，呂雅薇卻認為只是兩兄弟聯合起來耍自己。

「那如果真的可以飛的話，飛給我看呀！」

「當然沒問題！」沒想到哥哥如此說，然後就往房間裡面跑進去。

「他要去哪裡？」她看著還在一旁的弟弟。

「要飛給妳看。」弟弟格格笑著。

「哈囉！我在這裡。」然後很快地，她聽見了上頭傳來的聲音。

抬頭，在陽光普照的反射之下，站在二樓陽台邊的哥哥看起來一片漆黑。

「你要做什麼？」呂雅薇大喊。

「飛給妳看！」而哥哥爬過了陽台欄杆，站在護欄外頭，雙手往兩邊張開，接著朝前傾下。

碰！

血花四散，她和弟弟都發出了尖叫聲，大人們聞聲衝了出來，見著頭破血流的哥哥後驚慌失措，有些暈倒、有些尖叫，有些趕緊報警，而呂士能夫妻則立刻過來抱走了呂雅薇。

哥哥沒能救活，他的臉在著地時正巧撞到了泳池與路面的交界處，也就是凸起來的角，正面五官以鼻子為中心朝左右兩邊裂開，眼珠子還掉到了泳池之中，在池面載浮載沉。

從此，他們再也沒去過那位張阿姨的家，這也是為什麼呂雅薇對那裡的記憶最為深刻的關係。

*

「我不知道那位弟弟是怕張阿姨罵，還是張阿姨要他那麼說。總之，弟弟一直說是我慫恿哥哥去跳下來，還說什麼……我說那種高度只要算得好，可以直接落到泳池裡面，很安全的。」呂雅薇的外形從小四的模樣再次變回到最一開始穿著紅色長裙的美麗女人，她苦笑了一下，很是無奈。

「那最後有調查出原因嗎？」

「意外墜樓。那天在場的大人也都有責任，他們沒注意我們的安全。而張阿姨在其他人的調解之下，似乎已經放下一切。但後來我們就沒什麼往來，偶爾遇見的時候，也只是點頭微笑。」

「真是奇怪，一個十一歲的男孩，怎麼會篤定的跟妳說他會飛呢。」陸天遙圈起了飛字，並打個問號。

「誰知道呢，可能想耍帥吧。」呂雅薇輕笑，但卻愣了一下後，嘴角也浮出了笑意，「不過呀……這麼說也許很奇怪，但是當那個哥哥在空中停滯的那一瞬間，我想起了以前姊姊給我的布丁，當布丁從欄杆細縫掉到樓下的時候，在我眼中一切都是靜止的畫面，如果單就那一點的話，在那短短一瞬，哥哥的確是飛了起來呢。」

陸天遙抬頭，看著呂雅薇穿著黃色的小洋裝，綁著兩束辮子，盯著腿上的姜奎，那稚氣的十歲女孩臉龐微笑的模樣，看起來竟教人發顫。

第四章

姊姊

「小鬼們，你們記得，自己的名字嗎？」穿著紅色旗袍的女人有著一雙美麗的黑色眼珠，她雙手環胸，看著眼前不過六、七歲的小孩。

兩個孩子對看後，搖搖頭。「不記得。」

「不記得？我的天呀，怎麼會有兩個失憶的小鬼一起跑來？」女人拍了一下自己的額頭，十分不滿，「在這已經很煩了，還來了兩個小鬼照料，你們聽清楚，最好在超級短的時間給我恢復記憶，否則我……」

想了半天，女人也說不出什麼威脅的句子，只能嘆氣後要他們關上圖書館的門，快點進來。

而就在兩個男孩回過頭要關門時，瞧見了門外的世界。

他們剛走過來的時候，都沒注意周圍的風景，此刻關門才有空欣賞，那就像是在一個奇幻的扭曲國度一樣，一半是漆黑的狂風暴雨，樹木花草都被吹得東倒西歪。而另一半是一片雪白，在銀白的國度一樣，天空降下了許多軟綿的雪花，在大地上鋪上一層鬆軟的白棉被。

分界如此明顯，一邊是黑，一邊是白。

頓時，兩個牽著手的男孩望向彼此，他們穿著一樣的衣服、一樣的面容、一樣的髮型，不同的是，就像外面的景致一般，一個是黑的，一個是白的。

而女人在後頭喊著：「奇怪了，你們的書怎麼沒有自動出現？在哪裡呀？」

＊

「陸天遙哥哥？」姜奎的叫喚聲拉回陸天遙神遊的注意力，看著姜奎的臉，怎麼最近自己越來越常發呆了，還想起剛來到這座圖書館的記憶呢？

難道，真的和白門後面那個人所說的一樣？

他們快要靠近自己故事的真相了？

又或者，眼前的呂雅薇和姜奎，就是來代替他們的呢？

如果這兩人一直不說出自己完整的故事，那彷彿就是在重演當時的狀況一樣。

那時，圖書館的管理人也問不出他們的故事，他們兩人每天就待在圖書館，這一待就待到了將近千年後的現在。

「陸天遙哥哥？」

姜奎又小心地開口，現在他的模樣看起來不到十歲，身上穿著的依然是那白色的衣服，並且坐在木椅上。

忽然陸天遙發現，無論姜奎的外貌是幾歲，他所穿的衣服卻都是一樣，並沒隨著年齡外貌改變而更動，這可真是奇怪。

「你不用叫我哥哥，叫我陸天遙就好了。」

「可是媽媽說，對比自己年紀大的人要使用尊稱。」姜奎歪頭。

「沒關係，在這裡是不需要的。」陸天遙張望一下，「你阿姨人呢？」

「她說她要出去一下。」

出去？

這下子換陸天遙狐疑了。

怎麼圖書館現在可以讓人出去的嗎？

他下意識的就要走到圖書館門邊，但是當伸出手的時候，他卻猶豫了。

曾經從門外的世界進來這的他們，現在還有辦法再走出去嗎？

這些年來他看著這麼多靈魂選擇走出去或是到別的地方，但他從來沒有過要走出去的念頭，這是為什麼？他像是被囚困在這，不只靈魂，連思想也是，或許，他其實也能跟其他人一樣，離開這裡，到達他心目中的天堂。

所以陸天遙把手放到了門把上，正要壓下的時候。

「喵！」

一個黑影迅速地從他眼前跳過，並抓傷了他的手，陸天遙收手看著黑貓在一旁哈氣，彷彿是在嚇阻他。

「我開個門也不行嗎？」

「喵喵！」黑貓用爪子刨著地面的行為來表示不行，同時又看向了白門的位置，陸天遙回頭，白門何時又出現了呢？

「我不讓你靠近白門，是因為有所規定。」陸天遙解釋，「但是並沒有規定我們不能開啟這個通往外面的門。」

「喵！」黑貓才不理會陸天遙的解釋，牠再次用力地哈氣，表明不能打開那扇通往外面的門，同時黑貓也朝白門那跑去。

白門微微震動，可以聽見門後也有隻貓在那叫著，並撓抓著門板。

「為什麼黑貓這麼激動？」姜奎看著一切不明所以。

「別理牠。」陸天遙的話讓黑貓瞪了他一眼，又繼續和裡面的那隻貓一起抓著白門。

「徒勞無功的，你們抓了多久。可見過那門有一絲損害嗎？」沒錯，無論裡外兩隻貓如何刨抓那木門，那木門都不會有傷痕，也不可能被抓穿。

「哼！」黑貓這次居然發出了像是人的哼聲，姜奎覺得有趣，再次有了想要抱貓的衝動。

說也奇怪，他明明不是坐在輪椅上面，但是當他想前進碰觸黑貓的時候，木椅像是能順著他的想法一樣朝前，讓他順利抓起黑貓。

黑貓突然被人騰空抱起嚇了一跳，反手要抓姜奎，可是當牠看到是姜奎的時候，黑貓伸出的爪子停在空中。

「貓貓～」這一次姜奎喊的不是熊，而是貓了。

陸天遙瞥見了姜奎的身後有那隻綠色小熊，大概是因為自己的玩伴在身邊了，才不會把黑貓認成玩偶了吧。

「怎麼了？」白門後的人問，而姜奎被突如其來的聲音嚇了跳，頓時閃神，黑貓抓準機會趕緊逃掉，又躲到了圖書館其他書架上。

「沒什麼。」陸天遙輕笑，「你最近有發生什麼奇怪的事情嗎？」

「你說什麼事情呢。」

「例如，像是回想起以前的事。」

「你是說想起和子嗎？」

沒想到白門後的他，這麼簡單地就說出了那個女人的名字。

對，就是和子小姐。

「最近，還真的容易想到和子呢。」白門後的人笑道，「你該不會也是？」

陸天遙沒有回應，這等於是默認了。

他看了眼姜奎，他們來得太久了，久到影響到了他和白門後的人的心神。

「我們兩個看樣子還是有心電感應。」

聽到他這麼說，陸天遙臉色一沉：「心電感應這種話，就留在還是人類時說就行了吧。」

「我覺得此刻也很適合，來到這以後，屬於我們的默契好像消失了，說實在我有點寂寞呀。」白門後的人的聲音變得低沉，「喂，陸天遙，你還記得我叫什麼名字嗎？」

「你……」陸天遙話還沒說完，便聽到白門後的貓叫了一聲。

「我有客人了……」說完後，白門便消失。

冷汗彷彿從陸天遙的額頭上流下，即便手去觸摸時什麼也沒有。

「門後的人是誰啊？」姜奎好奇地問著。

「不是誰。」陸天遙簡短地回答，然後他走向自己的大桌子看著姜奎問：「你現在可以說說你的故事了嗎？」

「阿姨……不是已經在說了嗎？」姜奎變得扭捏。

「阿姨說的，跟你說的不一樣。」

「一樣的啊……大人不是總說，小孩子不要管太多、聽太多、說太多的嗎……」

「在我們這裡，沒有什麼大人小孩，你就把你記得的、看到的、感受到的，全部告訴我。」

這樣才能寫故事，才能讓你們這兩位靈魂離開，才不會再干擾我們。

這是陸天遙真實想法。

「我要媽媽。」結果，姜奎又回到這鬼打牆的話題。

「你不說故事，就永遠見不到媽媽了。」雖然即便說完了以後，也不一定能在另一個世界見到呂家琪就是了。

「可是阿姨說……如果我亂說話，才會見不到媽媽。」

聽聞這樣的話，陸天遙停下了手上的動作，他抬頭看了姜奎：「你阿姨要你別說故事嗎？」

「她是說我不能亂講話，那這樣不就是不能講話的意思？」姜奎的身影再次縮小，變回了兩三歲的模樣，張著眼睛看著陸天遙。

陸天遙發現姜奎還是個孩子，而他沒有辦法跟孩子的靈魂對話，雖然他剛來到這裡的時候，外形也是個孩子。

但是他死亡時並不是孩子，而又為什麼靈魂會以孩子的外形來到圖書館，大概是因為，他和他，在某種程度上，也還是個小孩。

面對一個純粹的孩子，姜奎。陸天遙有點拿他沒辦法，他無法逼迫他說出故事，他不是不能，只是沒辦法。若是激烈手段的話，白門後的他用過了，可惜的是姜奎並不吃那套。

「不如來玩我問你答？」

一聽到要玩，姜奎又恢復了十二歲的模樣，「但這樣不公平，你問我，我也要問你。」

這對陸天遙來說並無損失，「成交。」

「那你幾歲？」結果沒想到姜奎先發問了。

「我二十歲。你在來圖書館前，在外面看到了什麼？」

「圖書館的外面嗎……無論我走到哪，都是媽媽，很多媽媽。」

「但你不就是想找到媽媽嗎？所以你媽媽在外面？」陸天遙些些挑眉。

「那些人是媽媽，但是又不是媽媽。」姜奎咬著下唇，「我要見的不是外面那些媽媽，是更溫柔、善良、愛我的媽媽……」

圖書館外面的環境，也會根據來訪者的心境所做改變。那會是你心中的天堂，也有可能會是你心中的夢魘。

媽媽這個角色，對姜奎來說，既是天堂又是地獄嗎？

「白門後的人是誰？」這一次換姜奎問。

「你只能問我的事情，不能問到其他的問題，像是這座圖書館、黑貓、白門後的人等，你都不能問。」陸天遙帶著微笑回。

「好小氣呀……那……你在這邊多久了？」

「快一千年了。你對你的爸爸有印象嗎？」

「有，我爸爸叫姜紹察，小時候我們常常一起出去玩，然後有一天發生了很嚴重的事情，後來爸爸就不開車了……」姜奎邊說邊摸了一下自己的腳。

「你那是車禍的關係？」

姜奎點點頭。

「那是幾歲的事情呢？」

「齁，哥哥不公平，你這樣連續問我，我都還沒問到你呢。」

沒想到姜奎這孩子還挺機伶，「那你要問什麼？」

「你寫了這麼多人的故事，最喜歡哪一本？」

「我現在最想寫完你們這本，所以幫我好嗎？」陸天遙拿著毛筆再次沾點墨水，「那是幾歲的事情呢？」

「剛背上書包的時候。」姜奎繼續說，「過沒多久，阿姨就來了。」

一扇紅色的門平空出現在陸天遙身後的白牆，他瞥了眼，呂雅薇從裡面走了出來，她手裡還拿著一個綠色的熊娃娃。

怪了，那熊娃娃不是在姜奎身後嗎？

陸天遙瞥向姜奎，他身後的熊娃娃已經不見，而呂雅薇見到姜奎坐在那，又見著陸天遙拿著毛筆在記錄，頓時瞪圓了眼睛。

「你們在做什麼？」

「在記錄故事。」陸天遙皺眉，有些不悅呂雅薇的無禮。

「小奎，你該睡覺了，你看，熊娃娃也想睡囉。」呂雅薇趕緊來到姜奎身邊，她一靠近，那姜奎原本坐著的木椅瞬間變成了紅色沙發，熊娃娃塞到了他的懷中，他竟瞬間睡去。

「呂雅薇，這個空間的主人是我，妳不該打斷我記錄的過程。」陸天遙雙手交疊在下巴，嚴肅地對她說。

「我真的很抱歉。」但呂雅薇些些顫抖身子，轉過頭的臉龐竟帶著淚水，「但是請不要詢問小奎，他已經受了很多的苦了，我不想在他死後還要再經歷一次。」

「經歷一次？」

「經歷一次被爸媽背叛的過程。」呂雅薇雙手捂住臉，痛哭失聲。

「那妳必須一次把故事說完。」陸天遙蓋上了那本藍色書籍，換上了淡粉色的本子。

呂雅薇點點頭，小心地抱起了變回五歲左右的姜奎，讓他在懷中輕輕搖晃，似乎怕吵醒他，那哄睡的模樣像是一個母親。

「我第一次見到小奎，他已經沒辦法走了，姜紹察因為喝酒開車的緣故發生了嚴重車禍，但諷刺的是，他毫髮無傷，可是小奎卻落得半身不遂，就算他自責又痛苦，但那有什麼用呢，小奎都已經殘廢一輩子了。」

呂雅薇身為女人，最大的遺憾便是，她沒有辦法懷孕。

從小四那年初經來後，她便時常感覺肚子很痛，她和張彩莉反應了幾次，但張彩莉總說這是發育過程的必經，所以只能忍耐，女人就是這麼麻煩等等。

但是她的經期紊亂卻沒因為年齡增長而日漸穩定，所以在她快要二十歲那一年便去做了檢查，出來的結果是這輩子都無法擁有心愛男人的孩子。

當時她覺得世界末日，眼前一片黑暗，那真的是她人生最悲慘的一年，因為就在二十歲生日當天，她的父母發生意外過世了。

他們家在夜裡燃了熊熊烈火，連帶燒掉了那一整排的屋子，死傷慘重，在那漆黑的夜中，紅光特別明亮，呂雅薇彷彿還可以看見呂士能和張彩莉兩人在火焰中漫舞般扭曲的身體。

於是在她正式成為孤兒的同時，也繼承了雙親龐大的遺產，同時也在律師的提醒之下，想起自己有個姊姊，呂家琪。

明明父母這些年來一直都沒提過呂家琪，似乎也當沒有這個大女兒了，卻沒想到他們把了一部分的財產交給了姊姊，這讓呂雅薇有些不平衡。

她對呂家琪並沒有好印象，畢竟小時候呂家琪三番兩次傷害自己，可是時間過去了這麼久，呂雅薇也不是當年無法自保的孩子，加上父母都離去後，呂家琪是她唯一的親人了。

所以擁有大筆遺產的她透過律師和關係，終於找到了呂家琪現在的家，並直接拖著一箱行李來到他們家的門口。

只是當她站在門口時卻猶豫了，對於再次見到呂家琪這件事情，呂雅薇其實是憂心的，要是呂家琪現在還很討厭她呢？要是呂家琪對於父母的死亡不為所動呢？

她害怕了，她也許不該來找這個姊姊，而是去會場那些阿姨叔叔的家，他們都很溫柔，知道要怎麼度過難關的。

但就在她猶豫的時候，那紅色的鐵門打開了，呂雅薇甚至還來不及閃躲，就與呂家琪照面。

「妳是雅薇……？」僅僅一眼，呂家琪便認出來了這位曾經朝夕相處的妹妹。

可下一秒，呂家琪竟關起了鐵門，並神色緊張地左右張望，「妳怎麼會找到這裡？爸媽呢？」

「誰？」後頭的男人聽見了騷動，從客廳走了出來，看見了呂雅薇。

「姜紹察……」這麼多年過去，呂雅薇訝異地自己還能準確地念出男人的名字。

「她是雅薇……」呂家琪雖為他們介紹，但從她的神情呂雅薇明白，姊姊跟以前一樣，並不歡迎她。

不歡迎她是意料之內，但最令呂雅薇訝異的是，呂家琪居然已經和當年的姜紹察結為夫妻，更甚至從這邊看進去能見到客廳的牆上還掛著全家人的照片，原來還有孩子了嗎？

呂家琪和高中時代那個抽菸、隨便的叛逆模樣完全不一樣，像是一般路上隨處可見的平凡婦女，對這樣的轉變，她感到既放心，又陌生。

然後呂雅薇大哭了起來，忽然就奔向了呂家琪的懷裡。

「爸媽死了……他們死了……」

呂家琪和姜紹察對看一眼，姜紹察將她攬進懷中：「新聞上果然就是妳們家啊……」

「我的家在這。」呂家琪甚至沒掉下眼淚，但抱著姜紹察的雙手是那麼的顫抖。

＊

「我能說，我的姊姊一點也不歡迎我，但是念在我是她的妹妹，加上我們都失去了父母，所以她收留了我。」呂雅薇苦澀地笑，「我也得承認，我沒告訴她父母留下了遺產一半會給她，因為我怕她要是知道我有能力自己生活，會把我趕走，反正時間久了，律師也會自行和她聯絡，我只是想在……在這之前，再和有血緣關係的家人多相處一些，畢竟有句話不是這麼說的嗎？無論家人犯了些什麼錯誤，都會是家人。」

家人，是最美好，卻也最恐怖的東西。

用愛之名，能帶走與吞噬多少屬於自身的情感與一切？

「所以妳在那生活了多久？」

「很久，久到死亡之前。」她比了一下那扇紅色的門，「那裡也變成是我的家了。」

「妳和呂家琪相處得好嗎？」

「不好也不壞，但比起小時候好太多了，我想除了長大又喪失雙親的緣故，還有就是成為了媽媽以後，很多事情都變得圓滑了吧。」

「妳是說呂家琪成為了媽媽變得圓滑嗎？」陸天遙覺得有股異樣感。

而呂雅薇卻看著懷中的姜奎，帶著冷然的笑意，卻絕對的憤恨：「憑什麼她這樣一個女兒，能得到幸福，能擁有孩子，而我從小聽令父母，卻換來無法生育的殘忍？」

「所以妳認為，姜奎應該要是妳的孩子？」陸天遙停下手上的毛筆。

「不……我認為小奎很可愛，也很可憐，是我姊不配當一個母親。」她抬頭，那模樣稍微稚氣了些，像是二十剛初頭，而她的腳邊多了一個行李箱。

「我最遺憾的事不是沒有孩子，而是無法和心愛的人有個孩子。」

在呂雅薇出現以前，呂家琪和姜紹察就已經因為酒駕而害得姜奎殘廢之事，而鬧得相當不愉快。

呂家琪沒有辦法原諒因為姜紹察的自私與疏忽，讓他們寶貝的兒子斷送了將來。

而因此，他們夫妻之間關係日益惡化，更甚至早已分房。但慶幸的是，他們對姜奎都還照料有加，並全心愛著這唯一的兒子。

「阿姨……」當時的姜奎才七歲，剛升上了小學一年級，但卻已經要永遠坐在輪椅之上。

「小奎好乖，今天在學校做了些什麼呢？」呂雅薇推著輪椅，和姜奎來到家裡附近的公園曬太陽。

「學了ABC，老師說我很厲害喔。」姜奎很驕傲，這讓呂雅薇親暱地摸了摸他的頭。

因為姜奎的身體狀況，呂家琪和姜紹察即便兩人再不和睦，也必須外出工作賺錢養家，而呂雅薇則待在他們家負責照料姜奎，讓夫妻倆負擔稍微輕一些。

她每日會送姜奎到學校上課，與老師和同學打完招呼後再回家打掃、買菜、採買生活用品等，準備好了點心後，便去學校接姜奎回家。

在回家的路上，她會帶著姜奎到附近的公園或是河堤走走，並和他聊聊今天發生了什麼事情。

姜奎因為突如其來的意外，變得有些沉默寡言，但幸運的是學校的同學和老師都待他和善與友好，即便只是同情或憐憫，但對姜奎來說這樣就夠了。

加上還有個阿姨出現，長得和媽媽有一點像，卻又不一樣，這讓姜奎稍稍敞開了心房，會和呂雅薇說些心事。

「小奎一定可以的，說不定以後還能當翻譯官喔。」呂雅薇將姜奎推到了公園的沙丘邊，自己也坐到了一旁的長椅上。

「翻譯官是什麼？」姜奎好奇。

「世界上有很多語言，不是每個人都聽得懂別國的語言，所以這時候需要一個聽得懂的人進行翻譯，就好像現在如果有講英文的人過來，阿姨聽不懂，就要麻煩小奎幫阿姨翻譯成中文囉。」

「聽起來好棒，我好喜歡……可是……」姜奎的臉黯淡下來，下意識地摸了摸自己的腿。

「或是翻譯小說之類的，很多時候翻譯的人都是要坐著工作唷。」她當然明白姜奎的顧忌，說完後還捏了捏姜奎的臉頰，「我相信小奎一定可以做得很好的。」

一聽到呂雅薇這麼說，姜奎覺得內心暖洋洋的，他笑了起來，「我最喜歡阿姨了。」

「我也很喜歡小奎喔。」呂雅薇比了前方七彩雲霞，橘黃色的光芒染遍了整片天空，點綴了層層雲朵，「看這日落，有沒有很美呢？」

「好漂亮。」姜奎永遠不會忘記那天所看見的夕陽餘暉，以及握著他的那雙，屬於呂雅薇溫暖的手。

「所以你現在不只沒心在這個家，還要去找其他女人嗎？」

「妳是發什麼瘋？妳哪隻眼睛看見我找女人？」

「需要我看嗎？多少人看到？你以為我真的是瞎了還是聾了？你以為沒人會跟我說嗎？」

「妳叫那些人來跟我對質啊！時間地點對象？我問心無愧，妳要發瘋妳自己去發！」說完，姜紹察用力地關上了門的聲音，嚇得輪椅上的姜奎抖了一下。

正在寫作業的筆從手中滑落，他嘴唇有些發白地看著呂雅薇，而她只是輕輕一笑，彎腰撿起了地上的筆，再溫柔地放進姜奎的手心。

「沒事的，你專心寫作業，阿姨去看一下。」她柔聲安慰，要姜奎將國語練習字寫完，便走出了姜奎的房間再關上門。

只見客廳亂七八糟的，呂家琪正坐在沙發上摀著臉無聲哭泣。

「姊姊，別在小奎在家時吵架，他會嚇到的……」她壓低聲音，看了一下姜紹察的房門，「姊夫在房內嗎？」

「妳說，他是不是外面有女人。」

「這……繪聲繪影的，我不好說。」呂雅薇努努嘴，「姊，你們夫妻怎麼樣都是你們的事情，但是小奎在家，小奎聽得懂，所以拜託，別在他在……」

「現在妳倒是小奎的媽啦？」呂家琪大聲回應，「別以為我不知道妳在想什麼！」

「我？我能想些什麼？」呂雅薇詫異。

「妳就跟爸媽一樣噁心……」呂家琪說完後拿起包包，直接走出了家門。

而呂雅薇嘆氣，只能默默地整理客廳的東西，而姜奎房間的門緩緩打開，他害怕地看著一切，呂雅薇注意到了，再次走回去安慰道：「沒事的，肚子餓了嗎？阿姨帶你去吃飯？」

「嗯……」他轉頭看了一下姜紹察的房門，「爸爸呢？」

呂雅薇嘆氣，敲了他的房門，「姊夫，我們要去吃飯，你要不要一起，或是買回來……」

話還沒說完，房門倏地被打了開來，姜紹察一臉不悅，但還是說了：「去逛夜市吧。」然後上前蹲在姜奎的面前，「抱歉，小奎，嚇到你了吧？」

一聽姜紹察這麼說，姜奎馬上掉下了眼淚，跟姜紹察討了抱抱。

見到這一幕，呂雅薇不免有點惆悵，如果姜奎也能這樣對自己撒嬌該有多好，他們兩個能再親近點該有多好？

於是他們三個人來到社區附近的夜市，還特例讓姜奎玩了不少小遊戲，像是打彈珠或是套圈圈等，只為了稍稍彌補剛才因為夫妻爭吵，而讓姜奎嚇到的小小心靈。

呂雅薇套到了一個綠色的熊娃娃，將那個娃娃送給了姜奎，「這是你乖乖寫功課的獎品喔。」

「謝謝！」姜奎漂亮的小臉蛋笑得很開心。

「弟弟，要好好愛惜媽媽送的東西喔。」攤販老闆笑著說。

「我不……」呂雅薇想澄清，但是老闆已經去招呼了其他客人。

「我肚子餓了。」姜奎摸著肚子，而呂雅薇看了一下周圍後，提議去吃牛排。

「是夜市的牛排嗎？媽媽每次都不讓我吃……我真的可以吃嗎？」對於這樣新鮮的嘗試，姜奎顯得期待萬分。

見著他那樣的神情，任何人都會心軟，所以呂雅薇看了姜紹察一眼得到首肯後，才笑著說：「當然啦，今天特例。」

「耶！好棒！」姜奎高聲歡呼，三個人來到生意很好的牛排攤位，找了位置後並點餐。

「小弟弟，第一次看到你呀，爸爸媽媽帶出來玩，很開心吧？」老闆在端上牛排的時候不忘寒暄一下。

因為事出突然，兩個大人都來不及反應，而姜奎則是笑呵呵地點頭，「好開心。」

「這……我們不……」呂雅薇還來不及澄清，老闆已經轉身拿了盤大蒜麵包，「這個請你們吃啦，有空多多光顧呀！」然後便去忙了。

「這……」呂雅薇有些困擾，但是姜紹察卻拿起了麵包塞到呂雅薇的口中。

「吃吧，謝謝妳這段日子以來照顧小奎。」

面對姜紹察真摯的感謝，呂雅薇拿下口中的麵包，輕輕扯動了嘴角說：「這是我應該的……」

「要是家琪能有妳一半溫柔就好……」這句話並不大聲，充其量不過是姜紹察含在嘴中的喃喃，但是卻讓呂雅薇清楚地聽見了。

她無法否認，當她看著姜奎，看著姜紹察，她的內心的確起了波瀾。

她有需要，壓抑這份日益茁壯的感情嗎？

*

「最後，終於有一天，我抑制不了了情感，在一個姊姊不在的夜晚，爬上了他的床。」

呂雅薇帶著微笑，撫摸著懷中睡去的姜奎，她穿著單薄的睡衣，長髮傾瀉在身側，那容顏、身材、整體的模樣，都教人屏息。

「你要，評斷我嗎？」

「我不會評斷任何人。」陸天遙微笑，闔上了書本。

第五章

爸爸

「和子小姐，妳在這裡待多久了？」陸天遙看著紅旗袍的女人，她正雙腳蹺在桌上，並把毛筆頂在人中上。

「沒多久啊，幾百年還幾千年的吧，哪記得～」和子打了個哈欠，看了另一旁穿得一身白且正翻閱著其他書本的男孩，「喂，小鬼，那些書不能亂看，你未成年。」

「我已經成年了，只是看起來不知道為什麼像個孩子。」男孩回應。

「配合你們靈魂的模樣吧，誰教你們都不講故事，只要一講了故事，外形就會改變喔。」但和子說完卻皺了眉頭，「只是很奇怪呀，為什麼沒自動出現屬於你們的書籍呢？照理來講有了新的故事來，書櫃會自動出現啊，我找了整座圖書館，就是找不到。」

「說些什麼根本聽不懂。」男孩冷聲。

「對了，他叫陸天遙，你勒？」和子看著一身黑的陸天遙，以及那穿著一身白，與他長得幾乎一模一樣的男孩。

「和子不是什麼都知道嗎？妳猜啊。」白衣男孩笑著。

「雙胞胎名字通常都差一個字吧，陸天什麼的。」和子打了個哈欠，並沒太大的興趣。

身為這間圖書館的管理者，她留下的原因很簡單，就是在等殺死她的人死掉後來到這，才能把她的那本故事畫上一個句點。

只是那個人活得有點久，所以她只能繼續待著，對於工作她採一種放任主義，雖老是被眾多來者抱怨故事裡面錯字太多，或是邏輯不通等等，但因為本身前來的人類靈魂就已經夠悲慘，所以即便在觀賞的過程中會出現許多ＢＵＧ，來者抱怨完以後還是會看，因為故事足夠精采便成。

和子就是一個這麼隨興的人，這也是她的魅力之一，畢竟很少管理者是女人，所以衝著這一點，在和子擔任管理員的那幾百年，來者對她還是挺滿意的。

「所以小鬼，你那個哥哥還是弟弟，他叫什麼名字？」和子打趣地問。

會來到這家圖書館的人類靈魂，多半都是生前的經歷夠悲慘或是戲劇化到足以成為好看的故事，雖然大多數的靈魂外貌是可以隨意變化，但很少人一踏入，便是孩子的模樣。

這倒也不是說孩子就不會遭遇到悲慘的事情，而是因為孩子的靈魂夠純粹，還來不及體認到自己遇到了多麼慘絕人寰的事情，便已經直接通往再次輪迴的地區。

所以當這對外形約莫七歲左右的雙胞胎來到時，和子除了訝異上述兩個原因外，便是幾乎沒有人會一起出現，大多都是形單影隻，所以這還是第一次，讓和子對於人類靈魂的故事產生了一點點興趣。

只是，這樣一點點的興趣還不足以激發她想要認真工作的心。

「他的名字叫做……」陸天遙猶豫看了一下白衣男孩，「你為什麼不自己說呢？」

「那，你為什麼不幫我說呢？」白衣男孩哼了聲。

「好啦，你們兩個都別吵，我來猜猜看……天遙呀……逍遙、搖晃、遙望、路遙知馬力、遙遙無期……」

當和子說到最後四個字的時候，兩兄弟同時愣了一下，那模樣太明顯，和子要沒注意到也難。

「哈哈哈哈！」她大笑起來，「遙遙無期是嗎？你們媽媽怎麼回事？幫你們取了一個這麼沒有希望的名字。」

白衣男孩沉著臉，握緊了拳頭。

和子一點也不在意小孩子生氣，應該說，不在乎人類靈魂生氣。在這個空間，她是管理者，她的權限最大。

「所以你叫陸天遙，而你叫做陸天期。」和子纖長的手指比著白衣男孩，然後嘴角勾起了微笑。

白衣男孩咬牙切齒，陰冷地說：「對，但是我不喜歡這個名字。」

＊

陸天遙猛然睜開眼睛，對於剛才腦中浮現的……那該稱之為夢嗎？他已經很久沒有作夢了，應該要說，他甚至很久沒有睡著了，那些都該只是人類才有的反應。

即便陸天遙也是人類死亡後來到這的靈魂，但自從成為管理者後，他也與一般的靈魂有所差異，所以說，姜奎睡著雖然是一件奇怪的事情，但還在合理的範圍之內，因為他們還是比較靠近人類。

可自己身為管理者，幫另一個世界做事的人，已經被剝奪去了所有身為人類的情感或是慣性，剩下的除了好好記錄故事外，就只有要找回自己真正的故事的任務罷了。

那又為什麼，剛才會產生像是人類睡著的反應，更別說是睡著後還夢見以前的事情。

停，這讓他覺得很不高興。

那些曾經屬於人類的任何情感與行為，照理來講，現在都不該發生。

他厭惡這樣不在掌控內的事情。

就在這時候，白門也再次出現，陸天遙一點也不驚訝，最近出現的頻率高到不可思議。

「你該不會作夢了嗎？」陸天遙扶著額頭。

白門後的人笑了聲：「哈。你會這樣問，表示你也夢到了。那你要跟我說說，看你夢到了些什麼嗎？」

陸天遙原本並不打算說，但即便他不說，門後的他也會知道。

因為雖然陸天遙不想承認，但他和他，的確還存在著令人厭惡的心電感應。

「不就是和子小姐嗎。」陸天遙嘆氣，「當她猜出你的名字那一天，還有你說著討厭陸天期這名字。」

白門後的陸天期先是一愣，然後大笑起來，「哈哈哈哈！我有幾千年沒聽到你完整喊出我的名字了？」

「上一次，在李欣容從你那來到我這時，我喊過。」

「呵，是呀，是因為時隔多時在那短暫見到我，所以才不小心喊出來了嗎？」

陸天遙並不否認，他和陸天期很親，卻也不親。他們愛著彼此，卻也恨著彼此。那是一種很複雜的情感，直到現在，他也找不到詞彙去解釋那份感覺。

「和子小姐也是在猜到你名字沒過多久後，就消失了。」

「她是離開，而你這種說法，好像是我害她離開一樣。」雖然看不見白門後的陸天期表情，但是光聽聲音也知道他的不以為然，「明明是和子的故事寫完了，所以她才離開，算是功成身退吧！」

和子一直說，她要等到殺了她的人來到後，她的故事才算完結，所以要是和子的故事寫完了，那表示兇手來過了，可是陸天遙並沒有看見除了他們以外的人過來。

「真的是那樣子嗎？」所以陸天遙這些年來，對這一點一直保持疑惑。

「難道，你覺得不是嗎？」陸天期在白門後，聽他的聲音如此靠近，似乎已經整個貼在白門上。

「因為在我的記憶之中，並沒有和子小姐是怎麼離開的。」陸天遙的食指在桌面上點著，「她寫完了她的故事，然後功成身退，這些都是你之後所說的，我完全是承接你所說的話，然後變成了我的記憶。」

陸天期並沒回應。

「而依據我們生前的種種，我並不相信你。」陸天遙冷著聲，「況且，在這圖書館裡頭，我並沒看到和子小姐的書籍，也就是她的故事並沒有完結，她並不是找到兇手而離開。」

兩人陷入了一陣冗長的沉默，但是白門並沒有消失，所以陸天期還在。

「哈哈，這麼多年來你還是第一次跟我說這麼多話，而且還跟我說了你的真實想法，這還真是不容易呀！」突然，陸天期再次大笑，笑得不可自拔，拔高聲音說著。

「喵！」白門後的貓也因為陸天期興奮的模樣而激動起來，同樣影響到了這邊的黑貓。

黑貓翹高尾巴，在白門前繞來繞去。

「無論生前死後，陸天遙，你永遠都會因為我的話而相信所有事情，這一點不會改變。」

「我現在不會了，陸天期。別忘了，被鎖在白門後的不是我，是你。」白門之後，是個牢籠。

那不是另一座圖書館，也不是另一個虛無空間。

那就是個無邊無際的白色牢籠，這是李欣容在她自己的那書本裡所寫到的。

那是一整片白，像是要提醒妳自己本身是多骯髒或罪惡一樣，是這片潔白之處的唯一汙點，這裡只容得下刺眼的白。

然而，最漆黑的，卻是眼前這位白衣青年，他長相清秀又帥氣無比，明明是一身白，但他的手卻像是染滿了血，整個人彷彿籠罩著深淵的黑。

他身旁站著的白貓，好像是徐欣小時候撿到的那隻白貓。

好……可怕，這裡，很可怕。

他要我說出自己的故事，而我什麼都來不及問，便脫口而出了所有事情。

他的手上不知道何時出現了一本筆記本，然後在上頭寫下我的名字。

當我一口氣說完全部的事情後，他交給我的本子，卻和我所說的不太一樣。

「妳在我面前所講的，是絕對的真實。這是這個空間的魔力，但是有時候真實故事乏善可陳，我們必須稍加扭曲、加一點調味料，故事才會好看。」

「故事之所以好看，就是因為，讀者搞不清楚什麼是真相。」

「就像我們的人生一樣。」

「直到死亡後，都不會明白什麼是真，什麼是假。」

「這裡看起來一望無際，但卻是牢籠，在廣闊的地方，妳越能感覺到自己的孤寂！」

他看起來，快瘋了。可是，他卻笑得像是世界上最快樂的人一樣。

陸天遙想起這段，當時李欣容寫在本子上的事情。

他並沒有把這些收錄到《消失的那一天》裡面，不讓來者窺探白門後的世界，那一些謎團，都得等到哪一天，他們兩個人寫完屬於自己的故事才能揭露。

「那又如何呢？即便我被困在這，即便你不喜歡，但是在生前，你可是很聽我的話，我說什麼，你就做什麼，那時的你還真是可愛……」

「行了，那都是生前，現在我們立場完全對調。」陸天遙想停止與他的對話，就在此刻，白門的旁邊平空出現一扇紅色的門。

「我不想和你多說了，他們又醒來了。」

「陸天遙，你認為他們到底是來代替我們的，還是他跟我們的生前有所關聯？」

「我沒有太多想法。」

「我們這邊雖然過了將近要千年，但是人界不過也才三年多，也許，他們兩個真的和我們生前有關，否則，最近實在太多異常發生在我們身上了。」

「之前不是說他們可能是來代替我們的，怎麼現在又變了說法？」陸天遙碎嘴。

「現在我知道不是了，因為他們兩個不是開始說了自己的故事了嗎？故事既然有在進行，那就不會是替代者。」陸天期頓了下，「況且，你不想知道那一天，我這邊突然出現的客人是誰嗎？」

不用特別問他也知道是誰，「是呂家琪吧。」

「沒錯，她現在正歇斯底里地喊叫呢，所以我暫時把她關了起來。」陸天期竊笑著，「話說，當你在聽到那個小男孩說了，他是被媽媽殺死的時候，沒有什麼感覺呢？」

「陸天期，我想我不需要和你討論我的感覺，這一段對話可以結束了。」

於是就在白門消失的瞬間，那扇紅色的門也打開了。

呂雅薇推著姜奎，這一次不是坐在木椅上，而是真真切切的輪椅。

「阿姨，昨天你們講了些什麼？妳每次都要我睡覺，我都沒聽到，今天可以跟著聽了嗎？」

「還是說，我們去公園走走呢？」呂雅薇也許真的是個稱職的母親，將孩子保護得好好的，讓他不聽到任何負面或是骯髒的東西。

但她並不是姜奎真正的母親。

「我想問妳，昨天外出是去了哪？」陸天遙看了一下圖書館的大門，呂雅薇也轉過去，明白了他的意思。

「不，那扇門我打不開。所以我不是到外頭，而是到那扇紅門的後面，那扇門會帶我到任何想去的地方，但也僅止於回憶中有的地方。」

陸天遙了然於胸，果然圖書館該有的原則還是有，在靈魂說完故事以前，是不會輕易開門的。

「所以妳說，要帶姜奎去公園，難道是通過那扇紅門，出去便是公園？」

「沒錯，你要一起嗎？」

陸天遙動搖了，來這這麼久，他只待在圖書館，他當然想換換風景。

忽然他發現，不只陸天期被困在白色牢籠，他自己不也是身在圖書館這個牢籠嗎？

「那我們走吧。」呂雅薇推著姜奎的輪椅，來到了紅門前，她拉開鐵門，另一邊的景色竟是陽光普照的公園。

這裡有著人行步道，花草樹木，遊樂器材，但沒有蟲鳴鳥叫，也沒有其他人的蹤跡。

就像是一個建築模型一般，而呂雅薇推著姜奎的輪椅踏了出去，「這裡是我們家附近的公園，我和小奎以前常常來逛，完整重現了我記憶中的公園，這個地方還真是方便呢。」

姜奎手裡抱著那綠色的熊娃娃，任由呂雅薇推著，「陸天遙，我們嘗試一次用這樣的方式講故事吧。」

陸天遙腳踩在這不切實際的草地上，明白這只是圖書館給予的幻象，憑藉著呂雅薇的記憶所製造出來。

不過，他卻覺得有些懷念，也許在人間，距離他的死亡不過三年多。但是對他和陸天期來講，已經是近千年的事情了，那些人類的記憶早就變得模糊不已，更別說是人間相關的一切花草樹木、風花雪月了。

「小奎，熊熊說想睡覺了，你要不要哄哄他呢？」呂雅薇彎腰，在姜奎的耳邊說著。

「好的，熊熊，我們現在來睡覺喔。」姜奎搖晃著手中的綠熊，然後唱了一首搖籃曲，接著將臉埋到了熊的肚子上，親了一口後說：「晚安。」

這隻綠熊的鈕扣眼睛，還就真的閉了起來。

「它睡著了。」姜奎說完後自己打了哈欠，然後又緩緩閉上眼睛，他就這樣忽然地在輪椅上面睡著了。

但呂雅薇卻一點都不驚訝，好像姜奎睡著，全會是她意料中的事情。

「這是為什麼呢？」

「生前，我會在那熊的肚子上，噴上了一點點，容易睡著的東西。」

「妳說的是昏迷，還是睡著？」陸天遙笑著，看向這位表面人畜無害的呂雅薇。

「你別急著評斷我，難道，你要他夜夜聽著父母的爭吵、以及摔破東西的聲音嗎？那會對他的童年造成多大的影響？而在他長大成人之後，又會是怎麼樣的陰影呢？」說到這裡，呂雅薇卻苦笑了一下，「雖然說現在他也長不大了，誰會料到他到十二歲的時候就死亡呢？」

「我沒有要評斷妳，這裡最不需要的就是評斷。」陸天遙誠摯說著，「我還想問，「你們每晚回到那紅色大門裡，真的都有睡覺嗎？」

「不是都說死亡後的靈魂是不需要睡覺，也不會餓、不會累、不會痛，這簡直就是一種無敵的狀況。也許是小奎年紀還小的關係吧，所以我要他睡覺，他就會像是被催眠那樣，遵循著生前的習慣而入睡。」

呂雅薇自有一套解釋方法。

「所以我在想，所謂的永生，其實指的就是死亡之後吧！我們現在這樣子，過著跟生前無異的生活，卻又不需要任何食物維持生命的延續。這也許就是很多人在追尋的永生，例如像您這樣子待在圖書館裡頭，也許正是一種永生。」

陸天遙對於呂雅薇的話感到一絲絲怪異，卻說不上來。

「這並不是永生。」

「我知道，生命之所以有意義，正是因為它會殞落，但同時它也會重生，靈魂保有記憶再次輪迴，到了新的軀體，再次經歷生老病死，這才是普世價值所認定的永生。」呂雅薇說這些話的時候，眼睛閃閃發光著，「所以我會快點說完故事，帶著小奎去輪迴的。」

*

自從呂雅薇爬上了他的床後，呂家琪變得更加怪異了。

她似乎開始懷疑起呂雅薇的行為，呂雅薇只要稍微離開一下她的視線，她便會趕緊跟上，以致呂雅薇幾乎沒有喘息的空間，這舉動也惹得姜紹察不高興。

而與此同時，律師終於向她下了最後通牒，表示那些財產已經拖到不能再拖，該讓呂家琪知道了。

於是，呂雅薇想藉由這件事情，順便和呂家琪攤牌，告訴她一切的事項。

她們約到了會場的辦公室，一群從小就看呂雅薇長大的叔叔阿姨們一見到她，先是慰問了她最近狀況，而後見到呂家琪時，個個不可思議地上下打量。

「要是妳在呂士能賢伉儷還活著的時候回來就好了。」張阿姨掉著眼淚，握緊呂家琪的手。

而呂家琪看起來非常不自在，她似乎想逃離，但律師正好來到，拿出了名片。

在那一刻呂家琪才發現，她的父母給了她一筆不小的遺產。

雖然她的自尊並不想要，但現實生活她的確很需要這一筆錢，於是她簽了字，並且在會場的阿姨和叔叔們百般邀請之下，答應了偶爾會回來看看大家。

「雅薇，妳去那……多久了？」離開的時候，呂家琪問了奇怪的問題。

「姊不是也有去過……」呂雅薇歪頭。

「那是小時候的事情了，我是說，在爸媽過世以後，妳來我家了以後，還有繼續去嗎？」呂家琪激動的模樣讓呂雅薇無法理解。

「沒有……但是還是偶爾會和叔叔阿姨他們聯絡，這是爸媽過世以後，第一次回去會場。」

聽到呂雅薇這麼說以後，呂家琪鬆了一口氣，但隨即又帶著懷疑的目光看著她，「爸媽有遺產要給我，為什麼妳到了現在才跟我講？」

「因為……我怕妳……我們那麼久沒見了，我想先知道妳是不是跟以前一樣都沒變，想先看看妳的生活……結果妳很幸福，所以我待了下去，也不知不覺想要感染一點幸福的氣氛，我怕妳知道我其實能獨自生活，或是妳其實有一筆為數不小的遺產了以後，會把我趕走，或是……」其實呂雅薇也說不上為什麼她一直沒告訴呂家琪這件事情。

大概是她內心深處，也有點嫉妒吧。

「嫉妒她擁有丈夫、兒子、美滿的家庭。明明先逃開了家裡，卻依然擁有父母的愛，得到父母的遺產……」呂雅薇一邊推著輪椅，看著在上頭酣睡的姜奎，親暱地摸了他的臉龐，「承認我自己內心的不平衡，對我來說有點困難，但這些話我在生前根本說不出來，沒料到死後在這裡，我卻能說得這麼自然。」

「也許是因為太在乎呂家琪，所以才說不出口吧。」

「或許吧。」呂雅薇聳聳肩。

「後續又發生什麼事情，才會導致……」陸天遙看了姜奎一眼。

「姊夫在小奎十歲那一年過世了。」呂雅薇輕描淡寫地說著，「墜樓，在半夜的時候。最後研判是失足，但是……他是從我房間的窗戶掉下去的。」

「所以事情被發現了嗎？」

呂雅薇苦笑，「他要我結束這樣的關係，但是我沒有辦法結束，我只是想和愛的人在一起，這麼一個微小的願望，為什麼他不能接受？」

呂雅薇眼神黯淡，說起了那天晚上的事情。

呂家琪那一天晚上很早就睡了，而呂雅薇哄完姜奎入睡後，離開他的房間回到自己房內，然後躺在那紅色的沙發上稍作休息。

而喝得醉醺醺的姜紹察搖搖晃晃地回來，呂雅薇並沒有特意起來去開門，原以為姜紹察會跟以前一樣，回到他的房間。

但是姜紹察的腳步聲卻先是朝房內走，又繞了回來，停在她的房門外，然後敲了兩下。

「雅薇……」

呂雅薇一愣，拿起一旁的外套穿起，想遮掩自己單薄的睡衣貼在裸露的肌膚上，她來到門邊開啟了一條細縫，姜紹察的酒味傳入，讓呂雅薇皺了眉頭。

「姊夫，你喝了多少？」

「妳開門，我有事跟妳說。」

「姊夫，這麼晚……」

「叫妳開門！」姜紹察根本不管呂雅薇的勸阻，直接推開了房門，呂雅薇一個踉蹌，整個往後面的紅色沙發倒去，洋裝型的睡衣也因此讓她曝光了，她趕緊起身蓋住自己雪白的大腿。

「妳穿這樣是想誘惑誰？」姜紹察口氣不是很友善，然後他環顧了一下呂雅薇的房間，感到震驚無比，「妳這裡是……是怎麼樣？」

「姊夫，現在很晚了，你快點回自己的房間，要是被姊姊看到……」

「妳剛從小奎的房內出來嗎？」

「對，我去哄他睡覺，你和姊姊都不管他，只有我可以照顧他了。」對於這一點，呂雅薇問心無愧。

「穿成這樣？」說完，姜紹察上前，濃臭的酒氣和炙熱的大手貼上了她的腿。

「姊夫！不要這樣……」呂雅薇反抗，但是姜紹察卻將她用力往床上一推，呂雅薇整個人像是布娃娃一樣被丟往床上，她身上的外套散開，胸前的渾圓露了出來，她趕緊要遮住，但姜紹察已經壓到她的身上，虎口抵在她的下巴，捏住她的臉說：「我要妳結束這段不正常的關係！」

「姊夫，你在說什麼……」

「妳知道我在說什麼！妳這賤女人，妳想破壞我的家庭嗎？妳想吃牢飯嗎？」他的眼睛朝春光無限的呂雅薇上下打量，「妳這女人，還真是噁心……」

他一邊說，卻伸手摸了呂雅薇的身體，然後大力揉捏，「賤女人……」

「不要！姊夫！好痛！」呂雅薇哭著求救，聽到騷動的呂家琪從房內出來，卻見到自己的丈夫壓在自己的妹妹身上。

「你、你們在做什麼?!」呂家琪立刻衝了過來，將姜紹察往旁邊用力一推，並快速用床單蓋住呂雅薇的身體，而姜紹察因為酒醉一時反應不過來，坐在地上用手拍打著自己的腦袋。

「她就是你外遇的對象？」呂家琪渾身顫抖，但是看著呂雅薇害怕的神情，還有剛才像是強迫的場景，她卻認為姜紹察無藥可救，連小姨子都想染指。「你在強暴她？」

「外遇？強暴？妳他媽在說……」他站起來用力推了呂家琪，「妳知道她做了什麼嗎？」

「對不起，姊姊，是我先誘惑姊夫的，可是我真的……」呂雅薇大哭起來，說著她受不了良心的譴責，但她沒說出口的是，她並不打算結束這段關係。

「妳他媽說……」

只是後來的情況有點失控了，她沒料到姜紹察會衝上來就是對她一頓扭打，連同呂家琪也一起被捲入，她們兩個女人的力氣不大，更別說喝醉後的姜紹察下手力道不知輕重，將兩姊妹打得渾身是傷。

然後，她也沒料到一直以來開著陽台的習慣，會就這樣陰錯陽差，讓酒醉的姜紹察不慎摔落下去。

「因為我們兩姊妹身上都有傷，加上與姊夫的屍體比對後，能證明的確是他動手的，而後因為我們反抗，姊夫一時腳滑，才會不小心掉下去……」呂雅薇聳肩一笑，「但這只是警方的說法。」

陸天遙挑眉，看著呂雅薇帶著有點愧疚，卻又沾沾自喜的模樣，「其實，或許是在推擠之中，不小心推了下去。」

「妳，還是呂家琪呢？」

「不知道，也許我們同時吧。」呂雅薇歪頭，看著陸天遙一笑，「我們也不知道是誰把姊夫推下去了，或許在法律上可能會是過失殺人，但那還是殺人呀，所以我和姊姊稍微更正了一下我們的說法。」

「妳們姊妹一起隱瞞了這個可能。」

「沒辦法，小奎還是需要人照顧呀，不管調查最後是我們誰把姊夫推下去了，對小奎都是不好的影響。爸爸失足墜落，總比阿姨或是媽媽過失殺了爸爸好吧？」

有人說，世界上很多東西是無法比較的。

但，也許正是因為經過了比較，你才會發現自己在意的、在乎的，很有可能根本不堪一擊。

例如像是死亡原因這件重大的事情，在與姜奎往後的人生相比之後，顯得多麼可笑。

「他死了，妳不難過嗎？」陸天遙問。

「難過，但是活著的人更重要，不是嗎？」呂雅薇摸了一下姜奎的臉蛋，「自從姊夫過世了後，姊姊就變得更奇怪、更神經質了，為了保護小奎，我只能暫時把姊姊隔離起來，不能讓她接近小奎。」

「隔離？」陸天遙愣了下，「怎麼做？」

「我們把牆壁挖空，做成了像是偵訊室那樣的雙面玻璃鏡，讓我姊在她的房間，也能看見待在自己房間的小奎。」

「她對姜奎做了些什麼，讓妳做出如此之事呢？」陸天遙覺得這做法未免太過激進。

「做了很多事情，我就不多說了。但你也看見了，最後我還是失敗了，她殺了小奎。」

「詳細的狀況……」

「阿姨……」陸天遙還沒問完，姜奎已經醒了。

「小奎乖，我們現在回家。」她輕輕說著，然後姜奎又再次閉起眼睛。

而呂雅薇望著陸天遙巧笑：「瞧，要是我沒有習慣地在綠熊肚子上做點手腳，那天姊夫摔下去那麼大的動靜，小奎一定會醒來，會看到。這樣子，他就永遠都會記得自己爸爸慘死，還有媽媽和阿姨驚嚇過度的模樣，我呀，是在保護他。」

這種論述，陸天遙不予置評。

＊

呂雅薇的故事差不多到尾聲了，但是陸天遙知道還沒收尾，證據就是呂雅薇和姜奎此刻還在紅門裡頭休息。

他一面整理呂雅薇說過的故事，一面思考著一些怪異之處。

黑貓的雙眼在漆黑中發亮，牠坐在大桌前瞅著他瞧，貓手還壓在呂雅薇的本子邊上。

「我知道，我沒那麼笨，呂雅薇怪怪的。」陸天遙明白黑貓的用意，「但是我們不在乎真相，只要故事好看便行了。」

黑貓喵了聲地抗議，好似在說：「若只需故事好看，那為何你和陸天期沒辦法離開。」

「我們可沒辦法隨便掰個故事呀。雖然可以經由我們的手讓故事更加好看，可是必須建立在真實之上才行呀。」陸天遙解釋，而黑貓的形影忽然模糊，這讓陸天遙一愣，眨了一下眼睛，黑貓再次恢復實體。

「你……還好？」陸天遙不太確定地問著，而黑貓用鼻子哼了氣，彷彿在嘲笑他問這是什麼問題一樣。

陸天遙腦中忽然浮現了一個可能，黑貓並不是真實存在的，所以牠有消失的可能，只是陸天期從來沒想過黑貓有天會消失。

「陸天期！」他趕緊喊了白門後的人，但是白門並沒有如期出現。

他想問，白門後的白貓，是不是也有瞬間身影模糊的狀況。

「喵……」黑貓彷彿感受到了陸天遙的擔憂，難得地來到了他的手邊蹭了下。

「難道真的……時間要到了？」對於能離開這棟圖書館，陸天遙當然是期待的，但同時他也害怕那未知。

當他們離開圖書館後，等待他們的又會是什麼地方？

來到這圖書館的人類靈魂，都是值得被記錄下來的故事，尤其是管理員的故事通常都更加精采，那像他們這樣失憶的管理員的故事，又會是怎樣的深淵？

「啊……」

陸天遙被這突如其來的聲音拉回思緒，他左右張望想確認聲音來源，但並沒有看見任何來者。

然後他轉過頭，來到了紅門邊，豎耳傾聽。

「啊……不要這樣……小奎……」這是呂雅薇的聲音，而這種呻吟絕對不會是一般情況下會出現的。

這讓陸天遙皺眉，黑貓也歪頭。

「為什麼不行？阿姨……讓我進去。」

「這邊不是家裡呀……」

「這裡不就是我們的家嗎？」

「不行……啊……」

「我要找到媽媽，我一定要找到媽媽，幫幫我，阿姨……」

接著傳來了呂雅薇沉迷的呻吟，以及規律的震動聲響。

第六章

和子

呂雅薇對姜奎的事情上心無比，即便現在暫時讓他們母子分離，可是透過那片雙面玻璃，雖然姜奎看不見呂家琪，但是另一頭的呂家琪是可以看見的。

「小奎！小奎！媽媽在這裡！」呂家琪在玻璃後大吼著，但是不會有人聽見。

「姊姊，別白費力氣了，妳這樣子，對小奎不好。」送飯進來的呂雅薇看著呂家琪，一臉疼惜。

「妳這個……惡魔……惡鬼！妳怎麼可以……」

「姊姊，妳應該知道自己對小奎做了什麼吧？」呂雅薇凌厲地看著她，「要是妳不知道安靜點，會連妳嘴巴都暫時塞起來喔。」

「妳……」

呂雅薇彎腰，將餐點放到了桌子上，然後轉身正準備幫呂家琪……但卻忽然眼前一黑，呂家琪不知何時拿起了一旁的花瓶，整個朝呂雅薇頭上打下去。

「呀！」呂雅薇被突如其來的撞擊搞得頭昏腦脹，一時半刻竟然失去了行走能力，她從雙面的玻璃看見呂家琪跑到了姜奎的房間，然後跳到了床上後兩腿跨坐在姜奎的兩側，彎腰親吻了他。

「小奎，媽媽愛你的，你知道吧？媽媽為你做的一切都是愛你。」呂家琪邊說邊掉著眼淚，但卻掛著笑容，她親吻著姜奎臉上每個地方，眼瞼、鼻子、眉毛、嘴唇，不斷親吻著，然後伸手撫摸了他的雙頰。

「我愛你呀……」然後，她的手放到了姜奎的脖子上，毫不猶豫地用力掐緊。

姜奎瞪大眼睛，雙手想要抵抗，但卻無力掙扎，只能任憑人魚肉，他的臉上充滿了液體，卻不知道是呂家琪的眼淚，還是自己的眼淚，又或者是因為被掐住氣管而導致口水、鼻涕的溢出。

「不……不要……不要……救命啊，來人啊！」呂雅薇想求救，但無奈她的聲音太微弱，根本沒人聽到。

她感覺到自己頭痛欲裂，伸手去摸，只摸到一片濕潤。

然後呂家琪從已成為屍體的姜奎身上爬起，拿起了放在姜奎身邊的球棍，慢慢地又繞回了呂雅薇的身邊，呂雅薇本能地想逃，可是她無法動彈，只能苟且偷生地在地板上緩慢爬行。

「我當年……真不該……開門讓妳進來……」呂家琪的臉上全是淚痕，抓緊了棒球棍往上一抬，用力地朝呂雅薇的腦袋砸去，棍棍致命。

在她視線模糊前，最後的印象就是終於有人來並拉開了呂家琪。

可是一切都來不及了，姜奎已經……死了啊……

「然後當我張開眼睛的時候，發現自己身處在會場之中，可是裡頭都沒有人，外面好像在颳颱風，整個天花板不斷震動，屋頂都好像要被吹走了一樣。但是我在裡面好一陣子，都沒見到其他人，所以我來到窗邊，除了強風豪雨外，什麼也看不見。但就在我不知道第幾次來到窗邊看時，發現了遠方有燈光，不知道為什麼，我有強烈的預感，小奎就在那裡面，所以我冒著風雨跑了出來，打開了這圖書館的門，果然看見了小奎。」呂雅薇笑著抱緊了懷中的姜奎，他此刻是十二歲的模樣，長得帥氣又好看，眉宇間揮不去的某種抑鬱，更添增了他的魅力。

而陸天遙拿著毛筆，在紙張下畫上了一個圓圈，表示結束。

「呂雅薇的故事，在此完成了。」陸天遙宣布，覺得鬆了一口氣。

「太好了，那可以走了吧！」呂雅薇露出至今最好看的微笑，而後圖書館的大門再次敞開。

終於，在每當靈魂說完了故事後，圖書館的大門才會敞開。

「妳可以選擇往回走，或是往……」

「我當然要往回走，我要回去會場。」陸天遙都還沒講完另一個選擇，呂雅薇已經站了起來，並且推了姜奎的輪椅。

「等一下。」陸天遙立刻喊住她，「只有妳自己能走。」

「為什麼？我不是說完故事了嗎？」呂雅薇詫異。

「妳說完了妳的故事，但是姜奎並沒有說。」

「我不懂，我明明說完了我們的事情了，那就是說完了啊！」呂雅薇的臉變得猙獰，她握緊輪椅上的把手，不讓陸天遙靠近。

「阿姨……妳不是說要帶我去找媽媽嗎？」姜奎被眼前突發狀況給搞得慌張了起來，他臉色發白，抓緊了呂雅薇的手。

「對，小奎乖，不要怕。我現在就帶你離開，媽媽就在會場那邊等你。」呂雅薇睜眼說瞎話，立刻推著輪椅就要往門外跑去。

「喵！」黑貓用更快的速度擋到了圖書館的大門前，但是呂雅薇壓根不把這隻小貓放在眼裡，並沒慢下速度，打算直接壓過黑貓。

黑貓「喵哈！」地吼了聲，身體迅速膨脹，像是氣球一樣變得好幾十倍大，瞬間伸出貓爪用力朝呂雅薇抓去。

原以為那只是普通的抓痕，但那爪子卻化為風刃，朝呂雅薇撲來，幾乎要將她的身體撕裂成兩半。

「呀———」面對意料之外的劇痛，呂雅薇發出淒厲的尖叫聲。

雖然風刃沒有傷害到姜奎，但呂雅薇恐怖的聲音和迎面而來的巨大黑貓，讓姜奎也嚇得摀住了臉。

黑貓張大嘴巴，那尖牙讓呂雅薇退卻，但是就只差一點點了，就快要到門邊了，只要出去了，他們就沒辦法！

她一定要快點帶著姜奎離開！

所以她決定放手一搏，用力將輪椅往前一推，輪椅上的姜奎因反作用力而朝前飛撲，她趕緊用滑壘的姿勢往前撲倒，想藉由這樣溜出門邊。

但是陸天遙卻伸手一拉，就這樣拉起了姜奎的身子，並把他放回輪椅上，那動作流暢得好像姜奎毫無重量一樣。

「喵吼！」黑貓則大嘴咬住呂雅薇的身體，她吃痛喊了聲，黑貓一甩，將呂雅薇甩出了圖書館外。

「小奎！小奎！」呂雅薇的靈魂受到了不小的衝擊，但是她卻依然朝內喊著，她的小奎還沒出來啊！

然後碰的一聲，圖書館的門關了起來。

至此，也在呂雅薇的眼前消失。

「你們做了什麼?!把阿姨還給我！」而坐在輪椅上的姜奎不敢置信，他大吼大叫著、掙扎著，但他卻只能坐在輪椅上，什麼也沒辦法。

「這邊的規矩很明確，沒有說完自己的故事就不能離開。」陸天遙嘆氣，受夠姜奎的吵鬧聲，「或是別人的事件能拼湊出來你的故事也行，反正只要能完成一部好看的小說便成，所以你別叫了。」

「我要找媽媽！阿姨才能帶我找到媽媽！」姜奎的身邊忽然多出了好幾疊書，他順手就抓起書本朝陸天遙丟去。

「你不要亂……喂！」就算打到陸天遙，其實他也不會覺得痛，但就是很煩。

「喵吼！」黑貓看不下去，再次瞬間脹大並朝姜奎吼去，這一吼果然有效，姜奎嚇得臉色發白，縮在輪椅上不敢造次。

「哼！」黑貓驕傲地抬起下巴，恢復成原本的大小，瞥了一下陸天遙等稱讚。

「好，謝謝你。」陸天遙也很識相，然後他看著眼前的姜奎，那十二歲的美少年，心智年齡卻像是孩子一樣，然而這樣的孩子，居然和自己的阿姨有段不倫關係。

「姜奎，你想見你的媽媽，所以才要和呂雅薇走嗎？」

「對！我一定要見到我的媽媽！我有話要跟我媽媽說，阿姨說媽媽在會場裡面，所以我必須過去！」姜奎邊說邊用手去推動他輪椅的輪子，但卻發現輪椅不知何時變成了木椅。

「你的媽媽不在什麼會場。」陸天遙輕聲說，然後看了一下後頭的白門。

「她在那邊。」

姜奎搖頭，「你騙人，媽媽怎麼會在那裡，媽媽她……」

「隨便你信不信，因為無論怎樣，你都沒辦法離開這座圖書館，直到你的故事被交代清楚。」

「所以，你也是嗎？」姜奎的眼睛浮出淚水，「要是我一直沒辦法說出自己的事情，就跟陸天遙哥哥一樣，永遠待在這裡嗎？」

這句話讓陸天遙陷入沉思，但很快地他搖頭，「不會的，你的故事有在進行，而我是完全空白，我們不一樣。」

「但是我真的想不起來……我只知道我一定要見到媽媽才行……嗚嗚……」姜奎又開始縮小了，並且哭了起來。

他並不是真的沒有記憶，不然，在呂雅薇還沒出現以前，他就不會選擇用嬰兒的模樣來逃避說故事了。

他只是還沒辦法接受生前的事實，也沒辦法接受死後還像是活著一樣，又得逼迫他再次想起。

所以，他才一直不說，因為那些過往讓他一點也不想回想。

當然這一些，只是陸天遙的猜測。

呂雅薇一離開後，姜奎再次變回那嬰兒的模樣，縮在自己的殼之中，在木椅上看著來者往來。

而陸天遙並不心急，他手上關於呂雅薇的書籍已經快整理好了，接下來就是等待白門後面了。

這段時間，他可以好好的思考一下，或者是，嘗試寫一下自己的故事。

他或許沒辦法寫出生前的事情，但是，他能寫出死後來到圖書館以後的事情。

不過，他還沒有屬於自己的書本，所以他只能隨便拿起一旁的白紙，一邊慢慢地磨墨，一邊想著，該怎麼下筆。

＊

第一個記憶，是牽著的那雙手，他張開眼睛，就見到了穿著一身白衣的陸天期，明明記憶一片混亂，但是在看到陸天期的那個當下，他卻感覺到安心，但接踵而來的卻是痛苦、懊悔、怨懟以及悲傷。

他不明白這些情緒為何而來，但從陸天期回望他的眼神中他可以知道，陸天期正輕視著他。

「把那些無用的情感丟棄吧。」陸天期第一句話如同以往般冷若冰霜，「看來我們死了呢。」

然而陸天期也是第一個發現他們已經死亡的人，他看起來一點也不害怕，甚至沒有後悔。

陸天遙不知道為什麼，就是認為他們該對於一切事情感到自責並且懺悔，他的內心有化不開的糾結與哀傷，但陸天期絲毫不在意。

他能感受到他的悲傷，而他也能感受到他的無所謂。

但他們唯一能做的，就是握緊彼此的手，在他們眼前的是一座西洋建築物，以暗紅色的面磚為主，大概是三層樓的建築物，正中央有個醒目的圓頂，陸天遙目瞪口呆，而陸天期卻拉著他往前。

「看來只能進去那裡了。」

「如果我們死掉了，這裡是哪？」但是謹慎的陸天遙卻拉住了他。

「誰知道，不會是天堂就是了。」陸天期冷笑，「喂，你是裝傻，還是真的忘記了？」

「忘記什麼？」

「忘記一切。」陸天期歪頭，恍然大悟，「是呀，原來是這樣啊，所以我們才會是這樣的外表嗎？」

「你在說什麼？」

「我們死的時候已經二十歲了，陸天遙，你看看現在我們的外形，是臭小鬼的模樣耶！」陸天期看了一下自己的手，「然後我全身白，你全身黑？哈哈，這是什麼惡趣味嗎？」

「陸天期，你在說什麼？」陸天遙不是裝傻，而是真的不懂。

「罷了，當我沒說。」陸天期看著交握的手，「反正這樣子……也不錯。」

然後他們推開了圖書館的大門，遇見了和子小姐，但不知道為什麼，當和子小姐詢問他們叫什麼名字時，他們卻一律回答了不知道。

和子小姐因此以為他們失憶了，的確，陸天遙是沒有了生前的記憶，即便有，也是片段且模糊的。

但是陸天期好像不一樣，他記得的事情比較多，可是他不說，他裝傻。

於是兩個人在圖書館待了下來，和和子小姐一起生活著。說是生活也不對，反正就是待在圖書館裡頭各自做各自的事情。

陸天遙唯一愛做的便是閱讀圖書館的書籍，這麼多的書，他彷彿永遠也看不完。而陸天期偶爾翻翻書，偶爾在角落看著窗外發呆，偶爾躺在地板上動也不動。

和子小姐大多時間都在打盹，但他們不需要睡眠，所以和子小姐其實只是在模仿一些生前常做的舉動罷了。

圖書館每天都有身影模糊的人來來往往，他們會低聲說著一些陸天遙聽不懂的話，曾經他也見過那些模糊的身影蹲在他的身旁打量他，然後詢問和子小姐，什麼時候會完成這兩個男孩的故事呢？

「我怎麼會知道呢，他們什麼都忘光光啦！」和子小姐總是擺擺手，然後拿出她自己的紅色本子給那些來者，「看我的故事吧，保證精采。」

「妳的故事我都看過好幾遍了，還沒結局呀，沒有結局的故事怎麼可以拿給人家看呢。」來者抱怨，但還是接過了和子小姐的書籍。

偶爾，會有其他外形和自己比較相像的人來圖書館，他們會坐在平空出現的椅子或是床上，有一些則會跪坐在地板，然後他們會花上好一段時間講自己的故事。

這時候，就是和子小姐最認真的時候了。她會要陸天遙過來幫她磨墨，然後另一隻手拿著毛筆，在不同顏色的書籍上記錄下對方說的話。

有時候一本書只有一個人，有時候一本書有好多個人。

等到搜集到完整的故事時，書籍會發出些些光芒，這時候就是陸天遙和陸天期最喜歡的部分了，他們兩個會聚到桌子邊，看著和子小姐像是在變魔法一樣。

那些書頁與紙張會在空中散開停滯，而和子小姐的手中會平空出現不同的線，有時會是金色的線，有時是銀色的線，還有時候是黑色，那些虛幻的線會穿過紙張，再次把書頁編輯縫合成一本書。

然後，當和子小姐美麗白皙的手撫過那新裝訂完成的封面時，便會自動在書封表皮出現一排燙金的字體，那便是那本書的名字。

成書之後，陸天遙總是第一個搶著要看的。這時候陸天期便會在一旁冷眼看著他，然後再回到圖書館的角落待著。

陸天遙當然也看過和子小姐的那一本書，像和子小姐這樣美豔的女人，似乎也注定了她的生前和桃花脫不了關係。和子小姐生命最大的劫數便是桃花，連死亡也和男人扯不開關係。

只是她連被哪個男人殺的都不知道，所以即便記得她生前的風花雪月，卻因為不清楚最後兇手是誰，所以一直無法幫故事下結局，才會持續待在圖書館。

「要是有一天我找到了兇手，就可以離開這裡了。」和子小姐曾經這麼說。

「妳離開以後，這裡就沒人了是嗎？」陸天期問。

「不，這圖書館很邪門的，他會自己安排好下一個人選。當你自己的故事快要走到尾聲的時候，圖書館自會安排人過來接替。」

「妳怎麼會知道？」陸天期瞇眼。

「當然是上一個管理者跟我說的啦，我當初一來到這裡，雖然很快就交代完自己的故事，但怎麼樣都沒辦法寫下『全文完』，當時的管理者就說，他有預感我就是下一個了。他還說呀，當我遇到下一個管理者時，自然會知……」說到這，和子小姐張大眼睛，在陸天遙他們兩人身上來回打轉。

她張口想說什麼，但馬上又笑了笑擺擺手說：「不可能的。」

陸天遙沒意會過來和子小姐在說些什麼，但是陸天期倒是聽明白了，所以他立刻問：「為什麼不可能？」

「因為我沒有感覺你們是接班人，你們只是失去記憶的可憐孩子，就待著吧，有一天會想起來的。」和子小姐說完打了哈欠，又沒氣質地把腳抬上了桌面。

「為什麼我們不會是管理者？」陸天期不知道為什麼，對這很堅持。

「你們想當管理者的話，也要我先不在了才有可能。」和子小姐擺擺手，要小屁孩滾遠點別煩她。

「我不是小孩子，我二十歲了。」陸天期認真說著，這讓原本正打算假寐的和子小姐張開了眼睛。

她從椅子上起身看了陸天期，發現他的外形正在逐漸長大。

「你想起來了嗎？」說完，和子小姐立刻回頭要找找看書櫃上有沒有新出現的本子，但卻沒出現屬於陸天期的本子。

「我沒有想起來，但也沒有全部忘記。」陸天期兩手用力拍打在桌面上，導致毛筆架上的毛筆都掉了幾枝下來。

「你想做什麼？」和子小姐並沒有被嚇到，雙手環胸地起身看著他。

陸天期的外貌逐漸成長，變成了二十歲的成年模樣，纖長的睫毛，俊俏的臉蛋，深邃的眼眸，以及那帶著些些憂鬱卻十足魅惑人心的雙眼。

「你這小子……生前應該騙了不少女人吧？」和子小姐很訝異，上下打量了陸天期，又把眼神轉到陸天遙的身上，「小鬼，那你怎麼外形還是孩子的模樣，沒和兄弟一起變？你們誰是哥哥，誰是弟……」

「和子，我們想待在這裡，當妳的接班人。」陸天期的手伸到和子小姐的下巴，輕輕抬了起來，「所以讓我幫妳找到兇手吧。」

「哈，如果這麼容易的話，我還需要在這邊待這麼久嗎？你們不知道這邊的時間比人間還要快上不少嗎？有時候只能花時間等待，直到那個人在人間死去，才有辦法在這遇到他。」

「但是妳怎麼能確定，他一定會來到這呢？」陸天期詢問，因為這裡既不是天堂，也不是地獄，更不是每個亡者都會來到的地方。

有故事的人，才有資格過來。

「因為我在這裡。」和子肯定地說，「我的故事完結，缺一個關鍵的角色，所以那個關鍵的角色一定要過來，我的故事才能結束。」

「那上一個管理者是為什麼留下，又為什麼離開呢？」陸天期問。

「上一個比較特別……」和子抓了抓下巴，有點尷尬地笑，「因為他不小心死掉了。」

這句話勾起了陸天期的興致，「靈魂也還能再死一次？」

「可以，但是有條件的，我是不會告訴你們。」和子說完後便擺擺手，趕他們走。

而那天開始，陸天期便沒有恢復孩子的模樣，而是一直維持著二十歲的樣貌。

然後有一天，他便告訴陸天遙，和子小姐找到兇手離開了。

但是那幾天，明明沒有其他人類靈魂來訪，所以陸天遙一直懷疑和子小姐的離去是否真實。

可是也就在那一天，陸天遙的外形也恢復到了二十歲的模樣。

然後他們成為了管理者。

*

「喵喵！」黑貓的叫喚聲將陸天遙喚了回來，他起身，發現在木椅上的姜奎依然是嬰兒的形態，而陸天遙順著黑貓的聲音看去，白門已經出現在那邊。

陸天遙起身，不知道此刻白門出現的原因，是因為處理好了呂家琪，還是陸天期也感應到了什麼。

「陸天遙。」陸天期的聲音倏地出現，「你又在想當時的事情了嗎？」

「你也感覺到了嗎？」

「嗯。」陸天期簡單回應。

「陸天期，和子小姐離開的那一天，到底發生什麼事情？」陸天遙決定問個清楚，「你我都清楚，兇手根本沒有出現。」

「我知道你一直以來，都認為我殺了和子，好讓我們可以待在圖書館。但我現在可以告訴你，我沒有殺了和子，絕對沒有，也不可能。」陸天期語氣中的嚴厲讓陸天遙的氣勢一減。

「可是我不可能告訴你那一天的事情。」最後陸天期鬆口，「和子不是因為兇手來了才離開，但是她確實寫到了故事結局。」

「那和子小姐的書……」

「我這邊差不多了，可以開門了。」陸天期打斷陸天遙的話。

是的，陸天遙一直懷疑陸天期說謊最大的原因便是，整座圖書館都找不到和子小姐的書。

在以前，他明明也看過屬於和子小姐那本紅色精裝書，但在和子小姐消失以後，那本書也不見了。

未完成的故事，卻消失的管理員。

所以陸天遙一直認為，是陸天期殺了她。

但是剛才陸天期的反應，似乎又不像是那樣。

明明他時常告訴大家，不要強求真相，但自己卻也在追尋著真相。

「喵嗚～」黑貓提醒陸天遙停下思考，先解決這邊的事情。

於是陸天遙手一揮，白門的周圍出現了裊裊白煙，接著門緩緩打開。

一個女人神色慌張地跑了出來，她的手裡抱著一本黃色封面的書籍，而還以嬰兒姿態待在木椅上的姜奎瞪大眼睛。

「小奎！」與呂雅薇神情相似的呂家琪掉下眼淚。

而白門裡的陸天期倚在門邊，肩上還有一隻白貓，兩人與陸天遙對望。

自從和子小姐離開後，這座圖書館便直接選定了陸天遙與陸天期為管理人，但他們沒想到的是，圖書館隔出了一道門，兩個人就像是那天在圖書館外面看見的世界一樣。

從陸天遙這看過去，陸天期所在的位置是白門之後。

而陸天期所在一處白，往陸天遙的方向看去，是一道黑色的門。

要說他們是管理者，不如說只有陸天遙是管理者更為恰當。

為何隔開他們兩個？為何要如此區分？

只有陸天期知道為什麼。

第七章

信仰

呂家琪身處一望無際的白，她在原地轉了一圈，開口喊：「有人在嗎？」這地方彷彿無邊際，她連回音都聽不到，聲音出去了像是立即擴散一般。她慌了起來，開始奔跑，但所到之處除了白還是白，除了自己的聲音也還是自己的聲音。

哪怕只是顆石頭也好，或是風聲水聲都行，只要是除了自己以外，除了這片白以外，什麼東西都好！

呂家琪覺得快要瘋了，再這樣下去，她會發瘋的，她還要救小奎，小奎一個人在那會遭遇什麼……對啊，小奎呢？

她停下腳步，模糊的記憶逐漸回溯，她在自己的家中，終於找到機會傷了呂雅薇，她知道時間不多，她必須把握時間，所以她早就在心裡演練好幾次，早就告訴自己不可以心軟也不能手軟。

才能用最短的時間殺死姜奎，殺死她自己的孩子，有空餘的時間還能回去殺了呂雅薇，她的妹妹。

忽然她看著自己的手心，腥紅的血滴從中央擴散，溢滿了整手並滴落至地面，她嚇得尖叫，那血不斷湧出，染紅了這潔白得無一絲髒汙的地板。

「我不後悔！我不後悔！」她甩著手，想把那罪惡的鮮紅甩去，然後跪到了地上抱頭痛哭。

殺了他們，她一點也不後悔，這是她作過最正確的選擇！

「喵～」

她聽到貓叫聲從前方傳來，她立刻抬頭，只見在這潔淨之處有隻白貓坐在她前面，白貓的雙眼是淺藍色的，像是清晨的天空一般清澈。

白貓甩動了牠的尾巴，然後起身朝前方走，又停了下來回頭看她。

「等、等一下……」呂家琪趕緊爬起身，在這陌生又詭異的地方見到其他的活物，對她而言意義非凡，她跟上這隻明顯不普通的白貓，但不論她慢走或是用跑的，那隻白貓都和她保持一定的距離。

不知道走了多久，她瞧見前方有個小黑點，隨著越來越接近，她看見了是一扇黑色的門。

而在那扇黑色的門前面，有個穿著白衣的男人正靠在那，似乎在聽門後的聲音。

「你是說想起和子嗎？」但眼前的白衣男人卻開口了，她才發現，他是在跟門後的人說話。

可是在這一望無邊際的白，那扇門僅僅就只是一扇門，突兀地矗立在那，並沒貼著牆，後面也不像有另一個空間。

那個白衣人，在跟誰說話？

在這怪異的地方出現的人，是正常的嗎？

呂家琪準備轉身要逃，但是白貓卻朝那白衣男人走去，而接下來黑門後也傳來了聲音。

「心電感應這種話，就留在還是人類時說就行了吧。」

「我覺得此刻也很適合，來到這以後，屬於我們的默契好像消失了，說實在我有點寂寞呀。喂，陸天遙，你還記得我叫什麼名字嗎？」白衣男人轉過頭，嘴角掛著一抹輕佻的笑意，纖長的睫毛和端正的臉蛋，是個第一眼見到便會被他所吸引的外貌。

白貓叫了一聲，而男人見到呂家琪後先是一愣，然後朝黑門的方向說了句：「我有客人了……」

說也奇怪，這句話一說完，黑門便消失了。

「妳是呂家琪吧？」男人朝她邪魅一笑，「我是陸天期。」

名為陸天期的男人有張好看到幾乎會吸引任何人的臉蛋，在這白色空間，連陸天期也是白色的。他的肌膚、頭髮、睫毛、眉毛等，全部都是白色。除了他的瞳孔，是淡淡的紅色，正更添增了他邪魅的氛圍，看起來不真實且虛幻。

呂家琪知道這樣的症狀，白化症，被稱為白子。

「這、這裡是哪裡？我為什麼會在這裡？」

「妳死了。然後因為生前的故事很精采，所以先被送到這裡來。」陸天期簡單地回應，手裡平空出現了一本黃色的書本。「這是妳的書，那開始講故事吧。」

陸天期直接坐下，呂家琪還要提醒他這樣會跌倒的時候，卻平空出現了一張白色的書桌與椅子，陸天期穩穩地坐上了椅子，甚至一伸手白桌上就出現了白色的毛筆架，不過硯台和墨水都還是黑的就是。

「我死了，我死了？」呂家琪摀著臉，「我就知道……小奎呢？那我的小奎呢？他沒事吧？」

陸天期挖挖耳朵，不想聽呂家琪不理性地鬼叫。

「他大概沒事吧，又或許有事吧。」

聽到陸天期這樣的回話，呂家琪根本不能心安，她追問：「那他是去投胎了嗎？還是上了天堂呢？」

陸天期噗哧一笑，「什麼天堂地獄？人類，有時候真的是想太多了，以為一死掉馬上直奔天堂、地獄嗎？大多都是跑到一些怪異的地方流浪，例如這裡～」

他的解釋完全無法令呂家琪心安，「那這裡到底是哪裡？」

「反正不是人類世界就對了。」陸天期總算挖出耳朵裡的大耳屎，他還笑著要白貓看，白貓喵喵兩聲，似乎很捧場。

「不是人類世界，也不是地獄或是天堂！那我的兒子人又在哪？」呂家琪覺得快要瘋了，她生前的恐懼帶到了死後，她無法克制顫抖的恐懼，一定要親眼見到姜奎，確認他沒事她才能安心。

「我一句話，妳說妳的故事，就可以見到妳兒子，我可沒什麼耐心。」陸天期和陸天遙雖然有著相似的臉蛋，但是兩個人是完全不同的性格。

一聽到這句話，呂家琪睜大眼睛，「你知道我的兒子在哪嗎？」

「就在剛剛那扇黑色的門後面，他沒事，妳現在可以講故事了嗎？」陸天期沒有耐性磨墨，直接將一旁的墨汁倒入硯台中。

「在黑門的後面？」那多不吉利？「那邊是怎樣的世界？你打開門讓我見見我兒子！」

「妳跟你兒子一樣，都不願意開口說故事呀。」陸天期咬著唇，露出猙獰的笑。

「即便讓他嘗點苦頭，他也金口難開。」

「這是什麼意思？你對我兒子做了什麼嗎？」

「啥也沒做，就讓他看看曾經來過白門的人的故事罷了。」陸天期用食指比了自己的腦袋，「只是我是讓他『親眼』看見，『親身』體驗一下。」

「這是什麼……那對他會有什麼傷害？」

「妳就想像，讓他體驗一下妳生前的遭遇。而大多數來到我這兒的人，都跟妳差不多慘，或是比妳更慘。所以我讓他瞧瞧那些故事，逼他說出自己的故事。」

「你為什麼要這樣……他才十二歲，他是個孩子啊！」

「拜託，你們不快點講完故事，我才累好嗎，別逼我們超時工作。」陸天期抱怨。「我再說最後一次，除非妳說完故事，否則哪也都……」

「那我的妹妹，呂雅薇呢？她不會也在這吧？還是她去地獄了？」呂家琪根本沒讓陸天期把話說完，便急著要知道妹妹的下落。

「她現在和姜奎在一起。」陸天期不懷好意地笑著，而這句話讓呂家琪整個人黯然失色。

她忽然抓住自己的頭髮，手指陷入髮中大聲尖叫著：「小奎不能和她在一起！快讓我過去！我要保護我的兒子！」

呂家琪的尖叫聲尖銳得讓陸天期皺了眉頭，像是魔音穿腦讓他頭痛欲裂。

「閉嘴！」陸天期用力將桌面上的東西一掃，摔到了地板下，但硯台的墨汁卻沒灑至地面形成黑，而是直接溶入了白色地板，如同果凍一般吞噬了硯台和毛筆，而白色桌面再次出現了新的硯台與毛筆架，宛如3D模組一般自動重組出現。

「幫我救救我的兒子，讓我過去，讓我過去那個門！」呂家琪像發瘋了一樣，她衝到了陸天期的旁邊，手在空中不斷揮舞，摸著剛才黑門出現的地方，抓到的卻只是空氣，什麼也沒有。

「讓我出去，讓我過去。我要去救我的兒子！」她哭得令人心痛，但是陸天期只覺得煩躁。

「我受夠了。」他彈指，呂家琪所站之處的白色地板變得像是柔軟的果凍般開始浮動，接著像是伸出白色觸手一般往呂家琪的身上攀，如同藤蔓繞著她的小腿、大腿至腰和手臂，將她綑綁起來。

「這是什麼!?放開我！」呂家琪狂叫，陸天期摀住耳朵，那白色的藤蔓更加快速地捂住了呂家琪的嘴巴。

至此，呂家琪除了眼睛外，全身都以站立的姿勢被白色藤蔓所包覆固定，像個人形巨樹佇立在這。

她漂亮的眼睛流下驚恐的淚水，不斷發出嗚咽聲音請求他解開對她的束縛，但是陸天期不為所動，只是帶著邪笑看了一下她，接著就轉身去和貓玩耍了。

呂家琪想尖叫，但被限制行動的自己無法怒吼。這情況就像生前一樣，她以為死了是解脫，卻沒想到只是生前的延續，那這樣……她殺了姜奎有什麼意義？殺了呂雅薇有什麼意義？

她不知道自己掙扎了多久，這裡似乎永遠都是一望無際的白，感覺不到時間的流逝，也沒有白天與黑夜，她越是歇斯底里痛苦掙扎，那些白色的藤蔓就把她綁得更緊，而無論她如何哭泣、嗚咽，陸天期根本看也不看她。

她終於放棄了，因為無論她如何抵抗，都是徒勞。

於是她開始觀察陸天期和白貓，事實上，這也是她唯一能做的事情了。

她發現無論陸天期走到哪，白貓都會跟在一旁，然後她發現，這個空間看似很大，但也許是一個……像是結界的東西。

因為陸天期永遠都漫無目地的走著，有時候他往左邊的方向走，直到他的身影逐漸變成一個小點到完全不見後，過了一陣子，又會從右邊看見他走過來。

像是一個莫比烏斯環一樣，無論走到哪去，最後都是在同一個地方循環。

當陸天期不走路的時候，他會蹲下來和白貓玩耍，或是會坐在地上發呆，有時候則躺著看著天空。

對了，這裡有天空嗎？

呂家琪全身都被白藤蔓限制住，所以她無法抬頭確認。

除了陸天期和白貓以外，這一片虛無之中什麼都沒有，除了最初和陸天期見面時從地板往上延伸而變成一張桌子與椅子的模樣外。

期間，那扇黑門又有出現幾次，陸天期和對面的人說著呂家琪人在這，暫時被關起來。

對面的人，似乎也在等著故事。

她茫然想著，是呀，她剛來到這的時候，陸天期就不斷要她說故事，而她因為太急著想要找姜奎了，反應過於激動，才會落得如此田地。

那怎麼感覺……是很久的事情了？

如果這裡也有所謂的時間流失，從她來到這裡過了多久？會不會久到已經來不及再次拯救姜奎了？

她看了眼前的陸天期，想要詢問他，想要求他放開她，想要告訴他，她願意說故事了。

但是陸天期此刻又在漫無目的地亂走著，看也不看她。

白色看久了後，會產生類似雪盲症的錯覺，覺得眼睛閃光無法看清。

直到陸天期的身體又變成了一個小點後，她茫然想著，似乎從沒見過陸天期睡覺，而她自己彷彿也不需要睡覺，就這樣被限制行動地站在這裡，卻不會累也不會渴，這就是死亡後的世界嗎？

如果生前，她沒經歷過那一切，此刻無法動彈的她，會不會發瘋呢？

*

「妳願意說故事了嗎？」忽然陸天期帶著笑容出現在她眼前。

她用力點頭，陸天期露出滿意的微笑，再次彈指後，捆綁著她的那些藤蔓鬆開，往下退回到了地板，又恢復成光滑的一片白。

而那白色的桌子和椅子又從地板中生了出來，陸天期蹦蹦跳跳地回到了白椅上，一旁的白貓也跳上了他的肩膀，他將墨汁倒入硯台，隨意地用毛筆沾了沾，那黃色的本子倏地出現在他面前。

「坐下吧！說妳的故事吧！」陸天期看起來很期待，他笑著的模樣不知為何令人戰慄。

呂家琪正想說哪有椅子時，卻發現不知何時，她的身後出現了白色的沙發，而她自己身上穿著的也是白色洋裝。

她並沒有任何白色的洋裝，這衣服是這個空間給她的嗎？

於是她坐了下來，明明剛來到這裡，她是這麼的慌張、害怕又恐懼，更急著想見到姜奎。

但是為什麼現在她的心情變得這麼平靜呢？

啊……大概是看著眼前的男人的臉蛋的關係吧……

不是，是他的眼睛，那淡淡的紅，像是看進妳內心深處，勾出妳所有不快與哀傷，周遭的白色景物像是扭曲了一般，在空中形成了漩渦。

「妳的故事，要從哪裡開始呢？」陸天期勾起了嘴角，他淡紅色的眼珠像是彈珠玻璃一樣美麗，宛如昂貴的陶瓷娃娃一樣，低聲的呢喃讓呂家琪開始渙散。

她的眼前有很多畫面晃過去，小時候生長的那個家，幼年時代的呂雅薇，還有她的爸爸呂士能、媽媽張彩莉，以及那早逝的哥哥呂冠維……

還有那個會場，那位總穿著深藍襯衫的老師。

她捂住自己的臉，肩膀顫抖，但並不是哭泣，當人恐懼到極致後，便不會哭泣，而是會做出完全相反的行徑。

呂家琪顫抖地大笑起來，雙眼從指縫中看著陸天期。

「我的妹妹，被養育成了惡魔。」

她該從哪裡開始說呢？

從呂士能和張彩莉的認識過程說起？

從呂士能家族十分傳統，一定要有男孩傳宗接代的觀念開始？

從張彩莉被診斷很難受孕開始？

從他們跑遍了醫院，花了無數金錢在試管嬰兒上依然徒勞無功開始？

從呂士能甚至想過找代理孕母，但在張彩莉哭喊著她只想擁有自己懷胎十月辛苦生下孩子的過程開始？

還是，從張彩莉聽到某會場的某位老師能幫助他們達成願望開始說起？

不，直接從，呂士能和張彩莉抱著死馬當活馬醫的心態下，抵達了那座會場，看見上百人膜拜坐在台上的老師開始說起好了。

呂士能一見到這個狀況，直接就要離開，他認為這是一個不健康的團體活動，講難聽一點，像是一種邪教洗腦大會。

即便他再想要孩子，腦子也沒有失心瘋到認不清眼前狀況，所以拉著張彩莉就要離開。

「第一次過來嗎？」但一位女士帶著親切的笑容過來詢問，她看得出呂士能眼中的不信任，再次笑了後說：「若是第一次來，看到這種狀況一定會覺得很奇怪，您想要離開的心情我完全可以理解，畢竟我第一次過來時也是這樣。但是能否給一個機會，稍作停留一會兒，看看現場的狀況，也給自己一個機會？」

「給什麼機會？」

「第一次來到的人，大多都是有求於老師，若有所求，多待一下，之後若真的不喜歡再離開也不遲呀。」這位年約四十的女士說話溫柔，不慍不火。

「我們就……聽聽看也不吃虧吧。」張彩莉有些為難地詢問呂士能。

「台灣各大宗教廟宇，不也時常有集體誦經，或是繞境等活動嗎？為何那樣的群聚就是一種信仰，而我們在會場的群聚就時常會被他人誤解成洗腦或是邪教呢？」女士繼續說，「難道我們活了這麼久，連自己有沒有被洗腦都不會知道嗎？況且所謂的宗教，怎麼有分正或邪呢？信仰本身就是一種美德不是嗎？」

「這……」呂士能有些動搖。

那位女士笑著比了前方的座位「您會很驚訝的發現，很多我們一直以為是不可能的事情，在這是很容易實現的。」

張彩莉再次拉了拉呂士能的衣袖，輕聲說：「我們就聽聽，不吃虧吧。」

呂士能看了下此會場的眾人，沒有一點點本事，何以有這麼多人在此？聽聽，也不會少一塊肉吧。

於是他們坐回了椅子上，女士笑了笑後，要一旁的人好好招呼他們，便往前排的位置走去。

呂士能夫妻他們所在的這一區，似乎都是給第一次前來觀摩的人入座，在大會開始沒多久後，呂士能可以看見周邊有些人受不了起身離開，也看見有些人帶著最後希望的眼神期盼的看著台上的老師。

從他們的位置看來，台上的老師不過就是一個小點，連長什麼樣子都看不清楚，但一旁卻有投影幕放大老師的尊容。

那是一位氣質出眾，面容清秀的女人。

最後，當這看似瘋狂的膜拜結束後，老師會下台，和所有信眾一一互動，但老師首先來到的是尚未入會的觀摩區。

老師，是一個身穿藍色襯衫的女性，她削瘦、美麗，看起來不過四十，那雙眼炯炯有神，說起話來堅定且不容質疑，綁成公主頭的長髮整齊束在後頭，她站得筆直，對自己能被所有人尊稱為老師感到萬分驕傲般。

「想要孩子？」神奇的事情發生了，兩夫妻什麼話也沒說，僅僅只是和這位老師對到眼，便說出了他們想求的內容。

的確，在進入這裡以前，他們是在問卷上寫了想要孩子這些話，但是現場這麼多人，觀摩的人少說也有幾十個，若是這位老師還能記住誰寫了什麼願望，那不也表示了，她真的有放在心上？

「我們試了好多方法，花了好多錢在試管嬰兒上，甚至求神也拜佛，但就是一直沒有消息，已經結婚六年了，再不生孩子……」張彩莉說著說著，便哭了起來。

老師只是掛著微笑，拇指分別在另外四隻指頭上來回交錯的點著，嘴裡喃喃自語，接著說：「今天開始，務必每日清晨四點起來泡澡，並且在浴池中加入這一兩滴神水，泡完以後起來做功課，而每日晚上十點前沐浴，朝會場的方向誠心祈禱三十分鐘，之後再做一次功課，連續三十天。時間不能遲或早，每天都務必要做，這樣下個月包準肚子有消息。」

什麼狗屁東西，這是呂士能在內心的第一個的想法。

「聽起來很扯對吧？但不花任何一分錢，且只要三十天。為了朝思暮想的男孩，這麼做應該很容易吧？」

「男孩？」呂士能聽錯了嗎，「還能包準是男孩？」

「沒錯，這東西就送你們。」老師朝一旁的人點頭，旁邊的女性拿出了一罐像是精油的黑色小罐子遞給他們。

「請問……朝會場拜，這裡是拜什麼神？」張彩莉接過那罐子，傻愣地問。

「我們這裡不拜神，我們的神就是老師。」但旁邊的女性們卻笑著回答。

「這……聽起來太扯……」呂士能忍不住說出話來，但那群女性並沒有生氣，依舊維持著笑容。

「等懷孕了就知道我是真是假。」老師朝他們頷首，轉身走往觀摩區的下一個位置。

張彩莉握緊手中的罐子，反正做這些事情無傷大雅，她也能做得到……

夫妻倆回家後，即便對整個會場的氣氛都感到不安，呂士能甚至要張彩莉不要嘗試，太愚蠢了。可是當天凌晨三點多時，夫妻卻同時起來到了浴室，照著那老師的話做。

他們太想要一個孩子了，當人有了強烈的願望時，無論理智知道多麼誇張，還是會去嘗試，緊緊抓著救命稻草，只要有那一絲絲機會。

而這一次，那不僅是一個機會，而是個奇蹟。

張彩莉的肚子，真的有了生命。

那是他們的第一個男孩，呂冠維。

從此，他們夫妻信了老師，入了那教會。

當你的願望求遍了各大廟宇，看遍了中西醫院，卻在一個名不經傳的會場實現了，這時候，它對你而言，還是什麼邪教嗎？

不，它是，你的信仰。

＊

「會場有分階級制度，在老師身邊的都是一級到三級的幹部，呂家有點錢，很快就來到五級左右，哥哥小時候時常被抱去會場感謝老師……當然以上那些，都是我的父母告訴我的。因為哥哥在我出生前就死掉了。」

陸天期並沒有任何反應，他只是看著手裡的本子，白皙的手指拿著毛筆，在本子上飛快地記錄著呂家琪所說的話。

「然後好景不常，我哥在他十歲那一年被車撞死了，父母傷心之餘又有求於老師，希望能把我哥生回來。我媽本來就是不容易懷孕的體質，生了一個已經是奇蹟了，醫生都說不太可能再懷孕，然而就是這麼神奇，他們依照老師的方法，又再次受孕了，也就是我。」

但他們，想要的是男孩，卻有了女孩。

他們帶著這個疑惑，來到了老師面前。

「你知道老師說了什麼嗎？」呂家琪掉下眼淚，握緊雙拳，「她說了什麼喪盡天良、泯滅人性的話嗎?!」

「上天只給你和你太太一個兒子，你們沒辦法再擁有一個兒子了。」老師嘆氣，看起來百般為難。「能讓你們再擁有一個女兒，已經是我最大的努力了。」

「不、不不不，老師，求求您！我們不能沒有兒子，呂家一定要有兒子。」張彩莉哭著。

「也許讓其他女人……」

「不！」老師話還沒說完，張彩莉立刻大聲反駁，「我無法接受養育一個其他女人的孩子，也無法接受代理孕母，我沒辦法……做為妻子、做為母親、做為女人，我都沒辦法……」

說完，她大哭起來。

老師也流下了眼淚，起身抱了張彩莉安慰。

「你們有了一個女兒。」忽然，老師開口，夫妻倆聽不明白意思，但旁邊的女性卻去關起了房門，並站在門口以防人聽見。

「手足之間的連結是最親的，她擁有了你們夫妻血濃於水的本質，她能喚回冠維的。」

「這是……？」呂士能瞪大眼，「意思是？」

「妳不能接受其他女人，那能接受妳女兒嗎？」

張彩莉倒抽一口氣，「這是什麼、妳是要……」

「她能生回你們的兒子，但全看你們自己的決定。」說完，老師微笑，回到了她自己的位置上。

「妳是要我強暴自己的女兒？」這種話老師居然說得出口？呂士能是信她，但還沒盲目到不知道禮義廉恥四個字！

「不是，冠維只是會經由你女兒的子宮和陰道回到你們身邊罷了。」老師處變不驚，繼續微笑說，「當然你們也可以嘗試我說過的那方法，再次懷孕，但是不論怎樣，都會是女兒。而且下一次的懷孕，會和大女兒有十歲的差距。」

張彩莉想要兒子，但她還是母親。

在他們聽完老師荒謬的言論後，忿忿地咒罵老師一番後離開了會場，並再也沒回去過。

呂家琪度過了快樂的童年時光，父母把愛都投注在她的身上，濃烈到她即便是個小小孩，有時候都會承受不了。

而呂氏夫妻在這段時間，不斷重複著老師當年教的，四點沐浴、做愛。十點膜拜、做愛。然而無論怎麼搭配中西醫，他們都再也沒懷孕。可就呂家琪十歲那一年，呂雅薇誕生了。

又是女兒，且相距十年。

老師說過的話，一一實現。

巧合發生一次，他們都能當作神蹟了，連續發生了三次，老師不是神，是什麼？

於是他們天人交戰，這些年有女兒也是很快樂，但是他們的執念就是要個兒子。有人說在這個時代，男女有差嗎？

有差的，怎麼會沒差？

男女平等這種話只是表象，先天的構造和生理都不同，怎麼可能平等。

同性之間都不會平等了，何況是異性？

所以他們回到了會場，相隔十年，當出走時如此難堪，但老師與其他幹部都還是張開雙手，溫柔地歡迎他們的回歸。

從此，他們更是傾心傾力地為教會奉獻，甚至站上了講台上與各方人士分享這些神蹟。

他們真的，太想要兒子了。

「為什麼我會知道那些我不該知道的事情呢？因為在我十三歲那一年，班上的女同學都來初經了，我卻沒有，我不想和別人不一樣，所以我偷偷地用紅色的墨水滴在內褲上，學著其他女同學拿著衛生棉換，這讓我有種認同感，卻不知道……」呂家琪痛苦笑著，也哭著。「從小無論我犯什麼錯，我的父母都會原諒我，我承認我被寵壞了，所以做了一些很令父母頭痛的事情，但是只要我哭一哭，父母總是會心軟。」

所以當呂家琪假裝月經來了，每天勤奮的滴紅墨水到衛生棉上這種愚笨的舉動被張彩莉發現時，呂家琪以為自己要被訓斥，開始想著要怎麼道歉。

然後那天晚上，她的父母都來到她的房間。

告訴了她這麼一個冗長的故事，她得承認，這還是第一次，她知道自己原來有個哥哥，她聽著父母說到哭得滿臉都是淚痕，卻不知道該作何反應。

「現在妳初經來了，妳哥哥也就能回來了。」呂士能痛苦的皺著眉頭，看了一旁的張彩莉。

「寶貝，妳也想哥哥回來吧？」張彩莉手放到呂家琪的衣領前，一顆顆解開她的扣子，「沒事的，總歸有男人會教妳這件事情，不如讓爸爸媽媽教妳。」

「什麼……？」呂家琪根本不理解再來要發生什麼事情，她以為父母要訓斥自己假裝初經來潮，但沒料到卻被脫掉了衣服抱到床上。

「一下下就好，很快的。」呂士能邊說邊解開了褲子，他的表情難受，眼眶泛淚，「我們會補償妳一輩子的……」

「不、不要……對不起，爸爸、媽媽，我做錯了，我不……」她想跟以前一樣求饒，但嘴巴卻被張彩莉摀住，她在呂家琪的耳邊喃喃說著：「不要怕，寶貝，沒事的，很快就過去了，哥哥就要回來了。」

「床單上染了血，我還以為，這才是初經。所有人的初經都是這樣來的。」呂家琪空洞的看著前方。

「簡單來說就是，妳的父母一直在等妳有受孕能力後，才開始進行老師說的話，把呂冠維生回來。」陸天期嘴角掛著冷笑。

所謂的父愛、母愛，其實都是建立在自己的期待與慾望之上。人類最後最愛的，永遠是自己。

否則對孩子就不會產生失望、被背叛、沒有回報等情緒出現了。人說，親情之愛之中，母愛是最偉大了。

對此，陸天期嗤之以鼻。

充其量只是用愛來包裝的自私罷了。

「我無法接受那些說法，這些年來父母對我的好是什麼？一直念著死去的哥哥又是什麼？他們在想什麼？說著沒被洗腦，說著那會場是神給的恩賜，卻說不出那邊拜的是什麼？」呂家琪痛哭流涕，「他們一直強暴我、殘害我！要我受孕，但我月經根本還沒來，完全沒……但可笑的是！在被他強暴的那天後，我的月經就來了！」

呂家琪用了最笨的方式逃避一切，蹺課、逃家、與其他同學廝混。卻逃不過夜夜被迫朝會場的方向跪拜，清晨四點起來泡澡，她每天都要被殘害兩次，她受夠這樣的生活。

每當她看著年幼的呂雅薇，內心不免會生起一種：「妳快點長大，這件事情就能落在妳身上了。」的卑劣想法，但很快的在瞧見呂雅薇天真的臉蛋時，她又覺得自己太過骯髒。

她想保護這個妹妹，別讓她遭遇跟自己一樣的事情。她記得在某個夜晚，呂士能壓在她身上來回擺動時，張彩莉在一旁流著淚看著，而半夜忽然醒來的四歲呂雅薇就站在門邊看。

她的眼神好純粹、好純真，即便印入眼簾的景象是如此骯髒，她都不會被感染一樣。

在那個瞬間，她好嫉妒依舊純潔的呂雅薇。

她想毀了呂雅薇，又想拯救她。她陷入了進退不得的情緒，甚至會動手傷害呂雅薇或是學校的任何人，被視為了問題學生。

奇怪的是，即便當時她如此無助，她都沒有想過要告訴老師：「我被爸爸強暴了。」

她做過最激烈的一次，便是趁著呂雅薇幼稚園畢業典禮上有著許多大人們的場合，她拿起了水果刀來到呂雅薇身邊。

「對不起，但我們必須逃離這個家，不然有一天，會換妳的。」她掉著眼淚，握著刀的手如此顫抖，「必須要我們都受傷，其他大人才會發現事情的嚴重性……」

那是當時呂家琪的小腦袋想出的笨方法，她不敢主動向大人揭露父親的獸行，但她能藉由兩姊妹的傷口，在醫院讓醫生檢驗出其他更急迫的問題。

「為什麼？」呂雅薇不明白，歪著頭看著那刀，「姊姊，難道妳不想要哥哥回來？」

呂家琪愣住了，她看著呂雅薇稚嫩的臉蛋上卻有著超齡的表情。

「妳、妳在說什麼？」

「老師說，哥哥就快能回來了。」呂雅薇摸上了呂家琪的肚子，「要是哥哥回來，那我們家就真正團圓了。」

老師……？

「妳、妳去過會場了？爸媽帶妳去了？」

呂雅薇只是天真的微笑，「那邊很好玩，大家都對我很好。」

「雅薇，那邊……那邊不好，那邊很可怕，妳不能去，我們要逃走，要快……」

呂家琪抓起呂雅薇的手，她受不了了，她要直接去和其他人求救才行。

「姊姊，妳不乖，不聽話，會讓爸爸媽媽傷心的。」然而呂雅薇卻不走，她努力抵抗著呂家琪的拉扯，甚至伸手搶過了呂家琪手上的刀。

「危險！雅薇！」呂家琪伸手要搶，但刀尖劃過了她的手掌，流出了鮮血。「好痛！」

呂雅薇立刻鬆開刀子，看著呂家琪手中的血紅，思考了一下後又彎腰撿起水果刀。

「雅薇，把刀子給我，很危險……」呂家琪忍著手掌心的割傷，那傷口不淺。

「姊姊，妳該成熟一點了，幫幫家裡的忙吧。」呂雅薇笑著，拿起刀往自己的右肩刺下去。

「雅薇！」呂家琪尖叫，她伸手要奪刀，引來了大人們的注意。

「快點救救雅薇，她想自殘——」呂家琪求助大人們。

「發生什麼……」前來的老師們驚呼，趕緊叫救護車並要其他老師把小朋友們隔開，別讓他們看見這樣恐怖的畫面。

「發生什麼事情！天啊！雅薇、家琪！」當然呂士能和張彩莉也來了，他們見到兩個女兒都受了傷，焦急地上前。

「姊姊要殺我！」呂雅薇大哭著，在眾人面前指責她。

第八章

妹妹

「我不知道雅薇為什麼要說謊，對，我的確是要傷害她，但我沒要殺她。況且，那刀是她自己刺的，並不是我……她想做什麼？她才六歲，她怎麼會說出要我把哥哥生回來那句話？她也被洗腦了嗎？我怎麼都想不明白，但是在那個當下，我知道了……那個地方我不能再待……」呂家琪看著右手掌心那道不淺的疤痕。

「那妳有因為這件事情受懲罰嗎？」陸天期帶著趣味的笑容，這故事可真有趣。

而呂家琪抬頭，那空洞的眼神終於有了一絲笑意：「我原本以為會的，因為我傷害了他們重要的小女兒……但是，沒有呢，我完全沒被責罵或是受皮肉痛，對此雅薇也很震驚的樣子，她甚至還抓著自己的肩膀惡狠狠瞪著我。」

「喔？理由是？」陸天期摸了趴在桌面上的白貓。

「因為我身體要生孩子的，不能受苦，不能被傷害，不能不健康。」呂家琪呵呵笑了起來，「還有就是……爸爸他，好像喜歡上了和我做愛的感覺。」

陸天期挑眉。

人的罪惡感是有有效期限的，任何事情久了都會變成習慣。

一開始，呂士能的確還有所謂的道德良知，但是當他同意和呂家琪上床只為了能生回呂冠維的那個瞬間開始，他就已經拋開了。

即便剛開始他充滿痛苦，即便會流著眼淚，甚至避開呂家琪的臉，但時間久了，習慣了。

一天只需要兩次，但有時候，他會避開張彩莉而來到女兒的房間，不用先進行什麼跪拜或是沐浴，只是單純的上床罷了。

「寶貝，爸爸好愛妳，妳愛爸爸嗎？」當呂士能在身體日漸成熟的呂家琪身上擺動時，他嘴裡呢喃的愛早已扭曲。

他抓住呂家琪的腳，讓她勾到自己的腰上，以利他能更深入。這哪是什麼要讓兒子回來的過程？純粹是帶著他個人情感的發洩罷了。

而張彩莉完全沒注意到，呂士能的心偏到了呂家琪身上。

呂家琪是兩人愛的結晶呀，長相就像是年輕時的張彩莉，但青出於藍更勝於藍，呂家琪年輕貌美、肌膚的彈性和觸感等，都不是張彩莉能比得上的。

他愛張彩莉，愛呂冠維，所以也愛呂家琪，家庭不就是這樣子嗎？

一切的根基，都是因為愛。

「老師，我們依照您說的方式好幾年了，但是冠維一直沒有回來，是為什麼呢？」在每個禮拜的固定聚會之中，張彩莉悲傷地詢問。

「應該不可能啊。」依然穿著藍色襯衫的老師皺眉，而此刻卻有個面容削瘦的生面孔坐在一旁，「啊……唯一可能是……」

「是什麼？」張彩莉焦急地問。

「請問……」但那位生面孔卻耐不住性子先開口，「老師，我的女兒她……」

「李小姐，您女兒沒事，不用擔心，但你們必須先搬離那裡。」老師微笑，朝一旁的幹部點頭，那位幹部則領著那位小姐到了別的房間。

「李欣容小姐，我們會為您準備一間新的屋子，暫時可以在那好好生活，但是請記得每日朝會場的方向膜拜，以及供奉動物的血……對了，還有……」

「謝謝師姊……謝謝……」女人哭著道謝，房門就此關上。

屋內只剩下呂氏夫妻和老師，以及兩位一級幹部。她們分別站在老師的兩側，手裡還拿著這個月的會費通知單遞給呂士能。

「請問老師，您是說還有什麼可能？」

「做功課的次數必須嚴格遵守我的規定，不能多也不能少，就算只有一次都不行，而一整個療程就是三十天，所以只要錯了就全部都得重來。」老師的話讓呂士能心中一凜，他有時候一天會和呂家琪多做好幾次。

「我們完全沒有做錯啊，一天兩次，泡澡和膜拜……」張彩莉忽然張大眼睛，轉過去看著呂士能。

被她這樣一看，呂士能整個人都慌了，他嚥了口水，想著要怎麼和張彩莉糊弄過去。

「老公，該不會家琪有其他男友吧？」張彩莉是如此信任老公。

這猜測讓呂士能大大鬆了一口氣，「這也有可能，但是……老師，只要完全不符合就沒辦法受孕了？」

「沒錯，所以我才會說一定要做足三十天，即便中途月經來了也要照做，這樣子才能讓冠維回來呀。」老師親切的微笑，然後看了一下呂士能手上的單據，「謝謝你們每個月的回饋，祝福你們早日生子。」

「謝謝老師，謝謝老師。」張彩莉和呂士能在櫃檯繳費完畢後，兩人各自若有所思。快到家的時候，張彩莉便說要直接找呂家琪問，呂士能甚至來不及說完話，張彩莉已經打開了呂家琪的房門。

「家琪，妳交男朋友了嗎？」突如其來的開頭讓呂家琪摸不著頭緒，而在張彩莉全盤說出始末後，呂家琪看了呂士能一眼。

「因為爸……」

啪！

呂士能已經出手打了呂家琪一巴掌，這一巴掌讓全家人都愣住，呂雅薇也跑到了門口看著。

「家琪！妳怎麼能這麼亂來？妳不知道哥哥已經等很久了嗎？等著要回來我們這個家，妳為什麼還要在外面跟其他男人亂搞？妳要搞可以，但得先把哥哥帶回來啊！」呂士能太害怕呂家琪說出一切了，所以先下手為強。

他怕張彩莉知道真相會崩潰，他怕這個家會潰散，怕自己這樣畸形的行為被檢視。

但是，這個家和他們每個人，都早就崩潰了啊。

呂家琪搗著自己的臉，流下了不甘心的淚水，卻也無力反抗。

那年，她十六歲。

除了呂士能外，她沒和任何人上過床，卻被這樣噁心的父母說成自己淫亂。

但同時，她也發現了，原來她有另一種方式可以逃離這些，就是殘害自己的身體。

於是她抽菸，喝酒，宣稱她和班上其他男人也上過床，這讓張彩莉夜夜以淚洗面，讓呂士能氣急敗壞。

「我這個月也和別的男人上床了，所以這個月已經失敗了，無法把哥哥生回來，對不起啦～」看到父母絕望的神情，她就覺得十分暢快，她找到了方法反擊，即便是如此無用又消極。

但她錯了，名義上的確，她不需要再和呂士能進行他們口中的噁心儀式，但是夜裡呂士能還是會來到她的房間，爬上她的床低吼著：「妳怎麼可以有其他男人！」生兒子，已經不是重點了，重點是佔有。

多虧了姜紹察，呂家琪那段時間才沒有崩潰，他是她當時生命唯一的曙光。是唯一發現她發出無聲的求救訊號的人。

「呂家琪，不然妳跟我逃走吧。」才十七歲的他說出的話如此天真又毫無顧忌現實，但是在那個當下，呂家琪終於找到了一絲希望。

所以他們趕緊回到家中，要準備整理行李逃走。

但呂雅薇卻站在家門口：「姊姊，妳要做什麼，帶這個人回來是怎樣？」

小學四年級的呂雅薇在長期被洗腦的過程中，早就失去了正常的道德判斷標準，她是真真切切的認為哥哥要從呂家琪的身體裡回來，他們一家人就是正常且完善的。

呂家琪要放棄這個家，放棄這個妹妹，所以她急忙的整理一切就要逃開，但呂雅薇卻擋在她面前，看著姜紹察問：「哥哥，你帶走姊姊，會破壞我們的家庭。」

姜紹察對於呂家的事情並不太清楚全貌，他只認為呂家琪是受到家暴，不知道後面牽扯了性侵和洗腦的邪教，所以當他看著天真的呂雅薇時，也有點猶豫。

「別聽她的，我們快走。」呂家琪飛快的收拾必要物品，拉著姜紹察就要離開。

但是呂雅薇卻抓住了姜紹察的手腕，堅定地說：「哥哥，姊姊還沒滿二十歲，我們有權利報警並把她帶回來，你確定要為了這個女人吃上官司嗎？」

這句話讓姜紹察一愣，有些不可置信的看著眼前的小女生：「妳才幾歲，怎麼會說這種話？」

「我的妹妹已經被養成惡魔了，快走，我們快點走！」呂家琪掉著眼淚，恐懼的逃離這裡。

在她逃上公車前，還回頭看了一下站在門口的呂雅薇，她嬌小的身體，看起來卻像個長出黑色翅膀的惡魔。

＊

「然後呢？」陸天期翻開了下一面，沾了幾筆墨水後繼續書寫。

「我爸的確有來找我們，他逼我回家，但是他理虧，沒辦法報警或是提告，在那個時候姜紹察才真正知道我爸對我做了什麼，姜紹察認為必須報警，要執法單位介入，但是我不要，我爸很爛、很可怕，但是……他還是我爸爸，我知道這聽起來很蠢也很傻，但是……這是一種很難形容的感情，親情，是一種很恐怖、很恐怖的心靈綁架。」

直到現在，呂家琪依然無法理解，當時被那樣對待的自己，為什麼依舊會有想保護爸爸、媽媽甚至是妹妹的心理。她是那個家唯一清醒的人，正是因為這樣才痛苦萬分。

「我爸擔心事情曝光，所以沒再來煩我們，當我一滿二十歲，我就完全成年，是獨立自主的人了，你知道姜紹察到什麼時候才碰我嗎？」呂家琪淒楚的笑，「到了跟我求婚，我們公證了以後才碰我，一個外人，比我血濃於水的爸爸還要尊重我。」

「嗯～」陸天期一點也不在乎，「然後呢，這些年呂雅薇怎麼過的，妳知道嗎？」

呂家琪一愣，用力搖頭，但隨即垂下眼睛，「雖然不知道，但多少可以想像，小奎有一次生病，我帶他到了當初出生的婦產科看小兒科，意外的遇見了雅薇，她當時才十五歲，但已經墮胎兩次了。」

呂雅薇並沒有看見她，一旁的呂士能也沒看見她。

爸爸帶著未成年女兒去做第二次的墮胎，這件事情是呂家琪從熟悉的護理師那邊問來的。

「妳說她是妳妹妹……要她好好愛惜自己啊，年紀這麼小就墮胎了兩次很傷的，這樣以後很可能不會懷孕。」護理師看過呂家琪的身分證，確認她們是同一個父親後才告訴她這件事情。

她離開後，呂士能魔爪轉移到了呂雅薇身上，想必這樣的行為張彩莉都不曉得，否則她們的願望不就是要生下孩子嗎？懷孕了怎麼會墮掉？

那些年呂家琪都沒有懷孕，不是什麼上天給的恩賜，而是她總是準時服用避孕藥，能讓年紀還小的她知道避孕藥這東西，多虧了班上的八卦女生聊天提到，這才是上天給她的恩賜。

多年後，又賜給她姜奎這個天使，呂家琪已經覺得夠了，這樣就夠了。

她沒有能力、沒有心力、也沒有餘力，再去管那些事情。

呂雅薇如果要逃，就要自己逃，她自顧不暇，沒辦法拯救她。

所以呂家琪選擇了轉身，哄著懷中漂亮的孩子，說著：「媽媽愛你，媽媽會盡一切的力量保護你。」

「如果我沒記錯，妳最後殺了姜奎不是嗎？」陸天期停下手中的筆，漂亮的紅瞳看著她。

「……我是因為愛他。」

「那妳這樣和呂士能有什麼兩樣呢？他也是因為愛妳、愛當初死亡的呂冠維不是嗎？」

「不一樣！」呂家琪激動的喊，雙手用力往膝蓋一垂，「完全不一樣，我是保護他，所以才會……才會……嗚……」她忍不住眼淚，再次痛哭。

陸天期挖挖耳朵，「別浪費時間了，快點說吧。」

「你還……真是冷血……」呂家琪看著眼前的白子，他美麗又帶著距離，但同時也很恐怖。

「不好嗎？」陸天期一笑，瞇起紅瞳，「難道要我跟著妳一起義憤填膺或是哭嗎？」

「不用……但你沒有展露出任何一絲絲的同情或是憐憫。」呂家琪只是覺得詫異，「你是人類嗎？」

陸天期沒料到對方會這樣問，不禁一笑，他的手摀在嘴邊，緩緩說：「不是，有什麼問題嗎？」

「沒有……」呂家琪看著他，覺得陸天期不是真切的存在，即便這邊本來就不是現實世界，但她說不上來，陸天期給她的感覺，不像是人過世後的靈魂，更像是一個擁有人類軀殼的怪物罷了。

「妳的故事可以繼續了吧。」陸天期拱手。

「我和小奎跟紹察過了一段很……」

「不用知道你們之間平凡的幸福，那些東西沒人要看，直接跳到妳與呂雅薇相遇後吧。」

呂家琪稍稍抿唇，可以的話，她想多懷念一下她人生最快樂的那幾年，仔細想想，居然也不過七年而已，在她短短三十五歲的人生之中，只有七年的時光是快樂的。

轉捩點在姜奎升上小學的時候，她們家本來就不寬裕，姜紹察和她自己工作十分忙碌，但都還可以正巧與支出打平，但姜奎一受傷後，所有開銷瞬間增加好幾倍。

姜奎會受傷，起因來自姜紹察與疲勞駕駛的人對撞，疲勞駕駛的危險程度形同酒駕，對方當場死亡，而姜奎半身不遂，姜紹察倒是幸運的完全沒事。

這件事情令兩個家庭破碎，疲勞駕駛的那方家裡只有一個智能障礙的姊姊，對方也是辛苦人，日夜操勞導致精神不濟才會發生意外。

屋漏偏逢連夜雨，就在他們終於強打起精神的時候，發現電視新聞傳來了呂家失火的消息，雖然早已在心裡認定呂家人和自己都沒有關係，但還是不敢證實親人是否都罹難，加上姜奎的事情，她有太多事情要處理。

然後有一天，呂雅薇便出現在她面前了。

「姊姊，好久不見了。」呂雅薇臉上帶著的笑容像是這幾年都沒有分別過一樣，那親暱近乎到不太正常，呂家琪在那個瞬間本能的想逃。

但是姜紹察走了出來，呂雅薇先是一愣，大概是沒料到有其他人在家，接著她的眼睛轉到了牆壁上的全家福，「你們結婚了?生小孩了?」

說完呂雅薇逕自踏入他們家，環顧了四周。

「妳、妳要做什麼?」呂家琪戒慎恐懼。

「孩子在哪?」呂雅薇轉過頭，表情有些陰冷。

「我不准妳見我的孩子!」這些年過去，呂家琪沒想到再次見到呂家人，依舊恐懼的戰慄。

「冷靜點，她是妳妹妹呀。」姜紹察對於呂士能和張彩莉的惡行即便到了今天也無法原諒，呂雅薇雖然古怪，但嚴格說起來她也是受害者，在什麼都還不懂的年紀便被父母強行灌輸邪教思想。

自從有了孩子以後，姜紹察對於孩童議題更是容易傷感，所以他寬宏得多。

「讓她見見小奎沒關係吧，她是他的阿姨呀，現在，她也是妳唯一的親人了。」

姜紹察哄著呂家琪。

「她、她……」這麼多年過去，呂雅薇也變成了女人，呂家琪不能確定她是否依然在信奉那會場，信奉那老師。

在父母都死後，呂雅薇是不是找到自由了？

她說不出話，她想再給呂雅薇一個機會，也再給自己一個和妹妹和好的機會。

於是他們帶著呂雅薇來到姜奎的房間，姜奎正躺在床上睡覺，自從他無法行走以後，終日消沉，每日都鬱鬱寡歡，卻又因為怕父母擔心而強顏歡笑，看得他們都心疼。

而呂雅薇站在姜奎的床前盯著他的臉許久，久到呂家琪和姜紹察面面相覷，正要上前詢問，卻發現呂雅薇的肩膀微微顫抖，忽然跪坐在地，痛哭失聲。

這樣突然的舉動讓他們兩個都傻了，呂家琪趕緊坐在她身邊安慰著，而床上的姜奎也被吵醒，揉著眼睛撐起上半身，看著眼前這陌生的女人。

姜奎漂亮的眼睛在對上呂雅薇的那個瞬間，讓呂雅薇更加痛哭失聲。

熱牛奶在杯子裡冒出蒸氣，呂雅薇總算冷靜一點，但依舊哭紅了眼睛和鼻子，而姜紹察帶著姜奎出去逛逛公園，讓呂家琪她們有點說話空間。

「妳還好嗎？」老實說，看到呂雅薇的哭臉，讓呂家琪安心了不少。

「我……我不知道該說些什麼，這些年來我好無助，我……」呂雅薇一開口又啞了嗓，開始訴說她這二十年來的遭遇。

從小她便被帶著到會場去，所以她自然養成了離經叛道的觀念，加上從小呂士能和張彩莉一直對她說，呂家琪的任務就是要把呂冠維生回來，又說道呂冠維是他們家最重要的王子，讓她不知覺於潛意識中，將從未謀面的呂冠維當作一個神聖的憧憬。

所以當呂家琪要逃離家裡的時候，她深深覺得遭受到了背叛，才會表現得那麼怪異。

「所以，雅薇，妳從小就……很奇怪，是因為爸爸告訴妳那些奇怪的事情嗎？」

「爸爸還說，哥哥會是我最好的情人，我該好好愛著哥哥，我當時太小了，我根本是非不分，所以我就那樣一直期待著哥哥出生，期待著我最愛的人出現……」她擦著眼淚，卻只是湧出更多的淚水，「姊，妳一離開後，我先是覺得我再也見不到哥哥，也見不到妳，我的世界已經崩塌了一點。結果妳一離開後，當我月經一來，爸爸他……」講到這，呂雅薇一顫，泣不成聲，呂家琪趕緊抱緊她。

「沒事了，已經沒事了……爸爸已經永遠不能再傷害我們。」

「姊，對不起，對不起我小時候不懂事，在妳最需要幫助的時候……我卻也把妳推入深淵。」

「沒事的，我不也一樣，妳年紀那麼小，我卻還丟下妳就逃離……」這一瞬間，呂家琪深深自責，但她知道如果再讓她選擇一次，當年她還是會逃開，因為她若不逃，她們都會玉石俱焚。

「我不能懷孕了……姊……」這句話讓呂家琪一愣。

「為什麼？這是怎麼……」然後她忽然想到自己見過呂雅薇墮胎的場景，頓時噤了聲。

「爸爸他後來根本沒遵照儀式，他想要就要，這樣的孩子根本不會是哥哥，他要我打掉，要我不准跟媽媽說，然後……然後我去檢查，才知道自己永遠無法懷孕了，我永遠無法和最愛的人結婚生子了！」呂雅薇說得令人心碎。「爸媽死了的時候，我真的鬆了一口氣，我這樣是不是很糟糕……？」

「不會的，妳這樣一點也不糟糕，對於他們的死亡，我也鬆了一口氣。」最重要的是，她們永遠脫離了父母，脫離了那個可怕的教會。

＊

「雅薇就這樣住了下來，老實說她真的幫了我很多忙，那個時候我和姜紹察都必須要努力的工作，才有辦法負擔起小奎的醫藥費。」呂家琪一笑，「即便多一張嘴吃飯，但光是雅薇能照顧小奎就已經是一大幫助了，否則看護更昂貴。更重要的是，她讓小奎再次敞開心房。你不能想像，當我有一天回到家看見雅薇和小奎在客廳看電視他們大笑的模樣，我當場就跪了下來開始哭泣，我發現，我自己所做的一切就都是為了看小奎的笑臉。」呂家琪抓著自己兩旁肩膀，不斷顫抖著，在那個時候，她是真心的感謝這個妹妹。

但忽然她抬起頭，盯著陸天期的雙眼，倒映著絕對的懊悔與怨憤：「然而我沒有想到的是，雅薇她根本就是一個貨真價實的惡魔。一直到了最後我才知道她所做的一切都有目的。」

「姊姊，有件事情，我不知道該不該告訴妳……」

在某個明媚午後，兩姊妹帶著姜奎到公園走走時，呂雅薇欲言又止。

「有什麼話，都可以直接告訴我。」

姜奎正和其他小朋友聚在一起，雖然他坐在輪椅上，但是那群小朋友們覺得姜奎懂得很多，正興趣盎然地聽著姜奎說故事。

呂家琪對於姜奎還是能和一般孩子一樣交到朋友這件事情一直很感恩，但是忽然她一愣，這段時間都是呂雅薇送他去學校，只有呂雅薇最清楚姜奎在學校的狀況。

「難道是小奎在學校發生什麼事情了嗎？被同學欺負？」所以呂家琪第一件想到的事情就是這個，姜奎是她現在最在乎也最擔心的唯一。

「不是，姊姊，都不是這些事情，小奎在學校很受人歡迎。」呂雅薇一邊說，一邊溫柔地看著眼前的姜奎，「是姊夫的事情。」

「妳姊夫？」

姜紹察一直都很努力工作，最近身兼三職，時常徹夜不歸，雖然讓呂家琪感到有些寂寞，但這都是為了要撐起家裡的家計，她們必須顧及現實，顧及姜奎。

「的確，姊夫是很認真工作沒有錯，可是姊夫他好像……」呂雅薇又停頓了，這讓呂家琪焦急不已。

「妳別吞吞吐吐，快點說。」

「妳不要跟姊夫說是我說的，就是，他好像外面有其他的女人。」

呂家琪一聽不禁大笑起來：「我還以為妳要說什麼呢？這是不可能的，紹察外面不可能有女人。」

「為什麼妳這麼信任他？」呂雅薇反問。

「他做了三份工作，工資全部都繳到我這，他真的沒有時間和金錢去搞女人。」而且姜紹察的確把姜奎的事情放在第一位，現在姜奎的狀況，姜紹察不可能再去招惹其他的事端。

光憑這一點，呂家琪其實很信任他的。

「姊姊，有時候外面的女人不一定需要時間和金錢，他們只要偶爾見面、偶爾碰觸，因為也許，外面的女人是真心的，姊夫也是真心的，但是礙於責任所以暫時無法離開……」

「雅薇，妳有什麼證據嗎？」

「這……」

「那妳就別亂講話，我信妳姊夫。」呂家琪嚴正聲明。

「好吧，姊姊，如果妳這麼說的話，那我也就只能相信姊夫了。」呂雅薇起身，朝姜奎喊，「小奎，我們差不多要回家囉。」

「再等我一下！」姜奎笑著，呂雅薇也只好沒辦法地再次坐下。

「但是雅薇，妳為什麼會這麼說，妳是有看到什麼嗎？」呂家琪歪頭。

「姊姊，妳不是相信他嗎？那就別再問我了。」呂雅薇話到此打住，還是起身去推了姜奎的輪椅。

這件事呂家琪的確沒有放在心上，可是不得不說，在她內心還是留下了一顆小小的懷疑種子。

好巧不巧幾天後，呂家琪發現姜紹察的薪水少了那麼點，以往她不會去介意這一些了，因為畢竟姜紹察也是有他的私人娛樂，可是她忽然想起了呂雅薇的話，於是便問姜紹察少了的錢去哪？

「就和朋友吃了飯。」姜紹察打了哈欠，準備要睡。「怎麼了嗎？妳平常不會問這些事情。」

「沒什麼。」呂家琪搖頭，然後貼近了姜紹察的身子，「那個，我們很久沒有……」她將手往姜紹察的褲子探去，摸上了他。

「我好累，再說吧。」但是姜紹察卻拉開她的手，背對著她也沒瞧她，很快地打鼾，陷入了夢鄉。

呂家琪不禁在心中盤算，他們多久沒有……兩個月？三個月？

不，好像更久。

但之前呂家琪都沒在意，因為光是工作和姜奎的事情就讓他們體力盡失，哪會想到魚水之歡。

可是……可是再怎麼樣，夫妻之間超過半年沒有行房，難道他在別的地方……？

不不不，別亂想，不會的。

呂家琪看著姜紹察的背影，這又是第二顆不安的種子。

「我的不安日益擴大，小奎因為有雅薇的幫忙，我暫時不用操心，結果就把所有的心力都放在紹察的身上，某一次我提早下班，想說先買菜回家再去下一趟打工，但是卻發現門口有雙陌生的高跟鞋。」呂家琪繼續說著。

她立刻打開門，只見一個陌生的女人坐在他們家客廳，那女人看起來才大學剛畢業，年輕又清秀，長得有幾分姿色，而女人一見到他，立刻起身和她打招呼。

「您好，抱歉打擾了，我是紹察的同事。」

呂家琪上下打量了她，又朝屋內張望。

女人發現她的眼神，立刻說：「紹察忘記帶東西，所以我們回來拿，他現在下去買東西，所以我在這邊等，啊，剛才妳妹妹也在，但她剛出去了。」

呂家琪告訴自己別大驚小怪，他們不是單獨，呂雅薇平常也在家的，姜紹察真的要玩女人，不會那麼傻把女人帶回家，這會被雅薇看到……等等，難道就是因為這樣，呂雅薇才會告訴自己要小心的嗎？

不安的種子開始發芽，過一會兒姜紹察回來了，他似乎很訝異呂家琪這麼早就到家，然後說著他們必須要再出門，就離開了。

呂家琪目送著他們離去，甚至算好了時間，拿起了連接一樓的對講機想偷聽他們的對話。

但只捕捉到兩人的隻字片語，他們從一樓的鐵門出去，呂家琪可以從鏡頭看見他們的身影。

「太太……漂亮。」

「妳……也漂亮。」

像這樣客套的稱讚，這本該沒什麼的。

但是呂家琪不安的種子早就種滿了她的心田，不一會兒呂雅薇回來，她立刻抓著她問這件事情。

呂雅薇為難地咬著唇，「姊姊，妳不是信任姊夫嗎？」

「妳快點說！」呂家琪催促。

「其實我……這不是我第一次看見那個女生，我最近白天有去上救國團的課程，妳和姊夫也都知道，但今天臨時停課，所以我才提早回家，我打開家門的時候，看到他們在客廳的木椅上快速分開的模樣……姊姊，妳不要說是我說的，其實我也不能確定他們到底有沒有怎麼樣，因為一瞬間而已，也有可能是我眼花了，所以妳就繼續相信姊夫吧。」

呂雅薇的話完全沒辦法讓呂家琪冷靜下來，那種子發芽，迅速成長為難以忽視的大樹。

或許就是呂家琪的過度猜疑，她已經有了先入為主的想法，導致她看見姜紹察的任何行為，都像是出軌的男人該有的。

姜紹察當然也發現呂家琪的怪異，可是他無暇顧及那些，事業家庭兩頭燒，他為求睡眠充足，只能暫時與她分房。

就這樣子非常輕易因為呂雅薇的一兩句話，讓本來就不容易的生活瓦解一半，夫妻之間就這樣被越推越遠。

「所以後續發生的事情，我真的真的完全不知道為什麼會走到那一步！」呂家琪張大眼睛，她的雙眼變得凸出，眼睛下方有著深深的黑眼圈，她抓緊自己的頭髮，顫抖地繼續說下去。

她記得有一天的工作特別累，她甚至不想洗澡就直接入睡，但進到房裡，卻發現姜紹察在裡頭，他看起來喝醉了。

呂家琪一臉不可思議：「你進來做什麼？」

「妳了解妳的妹妹嗎？」姜紹察一說話便酒氣沖天。

「你在說什麼？」

「妳的妹妹會說謊。」

姜紹察這句話徹底壓垮了呂家琪的理智線，她認為姜紹察察覺了自己知曉他外遇，所以打算先斬後奏，把呂雅薇冠一個罪名，最後再說呂雅薇亂講話。

「妳妹妹很奇怪！」

「什麼很奇怪？」

「她太照顧小奎了！」姜紹察壓低聲音。

「所以你的意思是，她幫忙我們照顧小奎這件事也讓你不舒服囉，還是你想要外面的女人來照顧你的兒子？」

姜紹察一愣，「妳在講什麼東西啊？什麼外面的女人？」

「你以為我不知道你外面有女人嗎？」

「妳哪隻眼睛看到外面有女人?!」姜紹察不敢相信。

「大家都看到了！」呂家琪不知道怎麼回事，也許是這些日子以來的疲累和妒嫉，頓時崩塌了，一切的痛苦和不順壓垮了她的心，才會如此怒吼出來。

「妳不要無理取鬧，我現在在跟妳講妳妹妹的事情。」

「你把我妹妹的付出當成什麼，我的付出當成什麼？」

「家琪，妳發瘋了不成？難道我就沒付出？我當年那麼年輕，就帶著妳逃離妳的家，擔起可能被告的風險，難道我那不叫付出嗎？」

「所以你現在是拿當年的事情來合理化你自己現在的行為嗎？你後悔了嗎？」

「我現在跟妳沒有辦法溝通！」姜紹察氣得跑出她的房間，醉醺醺地離開了家，關起的鐵門是那麼大聲，迴盪在整個家中。

呂家琪跪了下來痛哭失聲，那些話她並不想講的，也不該講的，可是在氣頭上，便口無遮攔。

呂雅薇來到她房間，聲音有些顫抖：「姊姊……妳沒事吧？」

呂家琪沒有抬頭，將臉埋在雙膝之間用力搖頭：「小奎沒醒吧？」

「我剛剛看過了，他睡得很熟……」

「妳姊夫從來沒有這樣跟我吵架過，看來外面真的有女人了……」呂家琪掉著淚抬頭，卻發現穿著睡衣的呂雅薇手臂上有些瘀青。

「妳怎麼了？」

那些像是手掌的印子，對呂家琪來說最熟悉了，曾經，她身上也這樣布滿呂士能的手印。

不、不不不……一個恐怖的想法在她腦中成形。

「姊姊，妳不要怪姊夫……」呂雅薇哭哭啼啼，「他只是喝醉了，才會把我跟妳搞混……」

第九章

無心

「我的老公，不只在外面有女人，更甚至還染指了我妹妹，他明明知道我和雅薇經歷什麼事情，卻做了這種……那個當下我好恨，好痛苦，但同時又認為小奎需要爸爸，我不知道該怎麼辦，我的理智一直在崩壞邊緣，隨時都會斷裂。」

「嗯嗯，說穿了妳只是不甘心罷了，什麼染指妹妹的痛苦，或是小奎需要爸爸之類的都是藉口。」陸天期對於人類總是會找藉口合理化自己行為感到疲乏，其實就只是想和不想，說出實話不是更好，「妳就只是生氣妳不是老公的唯一罷了，因為那同事比妳年輕，雅薇比妳漂亮，妳只是不甘心自己被別人比下去，順便搬出兒子當作妳無法離開的藉口，對吧。」

呂家琪一愣，她不可置信看著陸天期：「你怎麼能說出這樣的話，好冷血。」

「別跟我來那一套，妳以為現實生活之中，又有多少人真正會為妳的遭遇感同身受？那些關心的話語最後只是落得新聞事件後的留言評價，R.I.P.完後不又是繼續吃喝玩樂過生活？感傷都只是場面話，而場面話這種東西，在死後也不需要。」陸天期大笑兩聲。

呂家琪想起身說她不想再說了，但是她明白身處這片虛無，她若想見到姜奎，若想離開，就是要繼續把故事說完。

「好，那就跳過我那段自怨自艾的過程，直到我親眼所見那天。」呂家琪握緊拳頭，「但在那天以前，明明有過徵兆，我卻忽略了，這是我這輩子最後悔的事情！」

呂家琪接到了律師的電話，提到呂士能夫妻過世後，留了一筆遺產給她。

她並不想拿那筆錢，但是當她聽到金額時，卻心動了。因為現階段他們的確很需要錢，她知道呂士能留了那麼多錢給她，是出自於一種愧疚，噁心的愧疚。

也許有些人會因為自尊而不拿，但是若是想要自尊，也得買得起自己的自尊。她不會和錢過不去，否則一家人吃空氣就會飽嗎？姜奎不用看醫生就會好嗎？一輩子得坐輪椅，需要做多少的復健和心理治療，要吃多少藥物，要花多少心力？

那些都是需要錢的！

所以她和律師約了時間見面，但在計程車上時，呂雅薇卻臨時更改地點。

「為什麼爸媽留一筆錢給我，妳卻沒告訴我？」呂雅薇來這裡三年了，卻連隻字片語都沒提過。

「我怕妳拿了那筆錢後，就會要我出去。」呂雅薇皺眉，模樣可憐，「因為這樣妳就有錢請看護了，也許妳會覺得這個家不需要一個外人。」

「妳在說什麼，妳是我的妹妹啊。」呂家琪對於自己方才咄咄逼人的態度有些懊悔。

「對不起，姊姊，我應該早點告訴妳的。」呂雅薇努努嘴。

「沒關係……那我們要改去哪邊？」

「到會場的辦公室。」呂雅薇一笑，計程車停下的地方，是造就呂家琪人生惡夢的起源。

「不、不不，我不來這裡，我不會進去的！」呂家琪拒絕，無論呂雅薇怎麼說，她就是死不進去，也不下車。

最後呂雅薇沒有辦法，只能自己進去帶著律師出來，簽署完文件後再次叫車離開。

「姊姊，會場的阿姨叔叔們很想妳。」

「我跟他們一點瓜葛都沒有，妳也是，妳這些年都還有過來？」呂家琪的雙眼有一股不信任，她下定決心，如果呂雅薇和這邊還有牽扯，她就會要呂雅薇離開她家。

「沒有，是因為律師也是這裡的人，才會約這……因為剛才進去那些阿姨們說很想我，所以才……姊姊，我不會為難妳的。」

然後這件事情就不了了之了，呂雅薇之後也沒再提過，呂家琪也想把它忘記。就這樣忽略了最明顯的事實，就是那會場裡的人事物都不曾遠離。

她不會忘記那個晚上，當她聽到騷動跑到呂雅薇的房間時，只見到醉醺醺的姜紹察壓在呂雅薇身上，呂雅薇穿著單薄的睡衣，她不得不說在那個當下，她好嫉妒，呂雅薇的身材、肌膚、臉蛋都是那麼完美。

「她就是你外遇的對象？你在強暴她？」呂家琪大吼著，但是姜紹察只是退開了呂雅薇的身上，毫無愧疚。

「妳知道她做了什麼嗎？」他雖然喝醉，但雙眼卻很清醒，可是他走路卻跌跌撞撞，甚至伸手推了她。

「對不起，姊姊，是我先誘惑姊夫的，可是我真的……」然後呂雅薇忽然大哭，衝了過來拉著呂家琪道歉。

這是怎麼回事？為什麼呂雅薇會這麼說？

她上次不是才說，她是被姜紹察強暴了嗎？為什麼現在又變成誘惑？

呂家琪腦子還沒反應，姜紹察已經用力拉開呂雅薇並將她推到床上：「妳他媽在說什麼鬼話！我對妳做了什麼？」

「你強暴了我，跟我爸一樣！強暴我、和強暴姊姊！」呂雅薇發狂地大叫，姜紹察衝上去摀住她的嘴。

「閉嘴！賤女人！妳別以為我不知道妳做了什麼！」

呂雅薇拉起她的裙子，露出大腿內側的眾多吻痕，「姊夫，這些都是你留下的，你忘了嗎？」

這瞬間，呂家琪的雙眼被嫉妒蒙蔽，她發瘋地衝過去打著姜紹察，而後者根本搞不清楚狀況，一路被推往牆邊。

「我的天！妳做了什麼？」姜紹察的注意力彷彿在其他地方，而呂雅薇從床上下來，眼淚流著，但嘴角卻笑著。

「我只是想跟最愛的人在一起，為什麼要阻止我？」呂家琪還來不及咀嚼呂雅薇這句話的意思，姜紹察已經一拳過去，揍了呂雅薇的臉。

「啊——」

太突然，太意想不到。所以沒有人反應得及，姜紹察居然還跳到了呂雅薇的身上，毫不留情地痛扁著她。

「姜紹察！你在做什麼，放開——」想要阻止的呂家琪，也在拉扯的途中被波及到，她整個人摔往了牆壁，口腔裡嚐到了血液的味道。

整個情況變得十分失控，呂家琪拿起了一旁的東西往姜紹察身上砸去，但姜紹察彷彿就要將呂雅薇打死一樣，呂雅薇的臉腫了起來，鼻血也噴出來。這讓呂家琪慌了，她從後面要拉開姜紹察，就在這時候，呂雅薇的腳忽然朝上一踢，正中姜紹察的肚子，呂雅薇趁機趕緊爬起來到了陽台邊，她打開窗戶往外逃。

「妳死定了！」姜紹察衝了出去，呂家琪則從背後環抱住他的腰，不想讓他再傷害呂雅薇。

在月光之下，呂雅薇身上的單薄睡衣看起來就像是透明的一樣，她的身材表露無遺，她的臉上因姜紹察的暴打而流血，那模樣就像個受虐的女人一樣，但是呂雅薇卻笑了：「姊夫，我哪裡錯了？」

「妳——」姜紹察衝了上去，那力量太大，呂家琪根本拉不住，只能跟著被往前拽。

就在姜紹察要碰觸到呂雅薇的時候，她一個旋身，姜紹察卻不穩，就要往陽台下摔去，但是他即時抓住了欄杆，並沒有摔下去。

而呂雅薇立刻拉住了呂家琪，姜紹察轉過頭，正要開口的時候，呂雅薇抓著呂家琪的手，將他往下一推。

「紹——」呂家琪根本來不及叫，姜紹察也沒時間反應，就這樣摔了下去。

「妳做什麼！妳為什麼推……」

「我沒有，是妳推他的。」呂雅薇浮腫的臉上泛起笑意，在月光之下更顯得令人毛骨悚然，「姊姊，這下子，終於沒有人阻礙我跟哥哥在一起了。」

「妳……妳在說什麼啊？快先打電話叫救護車……」呂家琪趕緊進到屋內要打手機，卻在呂雅薇的房間停下腳步，這好像還是第一次……在呂雅薇搬來後，她來到她的房內。

呂雅薇的房間有張紅色的沙發，以及粉紅色的雙人床舖，一旁都是相當女性化的裝飾，但唯一一個……令呂家琪毛骨悚然的東西，就是掛在床頭上方的照片，一個穿著藍色襯衫，帶著些許微笑，乍看很親切，但眉宇間的笑意卻不夠誠懇，那是老師的照片。

「妳——妳還在信那個邪教？妳不是已經……」呂家琪不可置信的尖叫，她不會忘記那老師的嘴臉，不會忘記是那老師要呂士能強暴自己。

「那不是邪教，它有名字的，叫做無心教。」說完，呂雅薇還虔誠地朝老師的照片膜拜了一下。

「妳瘋了嗎？爸媽就是因為聽信那個邪教的話才……如今妳還……」呂家琪不敢相信，排山倒海的恐懼幾乎要將她壓垮。

「姊姊，我要從哪裡開始說起？從哪裡開始告訴妳，妳才會明白呢？」呂雅薇失落地看著她，「老師說，哥哥一定要經由妳的子宮與陰道，才能回到這裡，所以爸爸根本不該強暴我的，那些都是爸爸的個人行為，這不能怪老師。」

「只是，我從小就一直愛著哥哥，等待著哥哥回來，我還想跟哥哥生孩子，可是卻因為爸爸……爸爸他為了自己的獸慾，讓我永遠無法生下孩子！我恨他，也恨妳，妳居然逃走了，這樣哥哥要怎麼回來？」

呂家琪不斷退後，她的妹妹……瘋了，她根本沒有好過，她一開始就是瘋的！

「我原本想毀了一切啊，反正見不到哥哥了，也沒辦法生孩子了，殺死爸媽後，就剩下妳了……」

「殺死爸媽？那火災是妳……」

「對，看到他們在火焰裡面跳舞還真是好笑，老師他們也幫了我很多忙喔，無心教的教友比想像中還要多，幾乎遍布各行各業，警界也有。」呂雅薇泛起微笑，但牽動了一旁受傷的肌肉，讓她吃痛了聲，「總之，爸媽他們在無心裡頭似乎也做了一些不該做的事情，例如想篡位什麼的，張阿姨他們很不高興，所以……」她聳聳肩，雙手摸上了自己的大腿內側，退至根部。

「可是我完全沒想到……妳居然結婚生孩子了，我原本那天在衣服裡藏了刀，但是不知道為什麼，大概是老師保佑，我有種一定得親眼見見妳兒子的預感，所以我來到了小奎的房間……啊……」呂雅薇發出愉悅的呻吟，她的手放在兩腿之間，「小奎……不就是我的哥哥嗎？如此俊美、如此吸引人，他從妳的陰道回來這世界，回到我身邊了……」

「妳、妳、妳對我兒子……做了什麼……」呂家琪捂住嘴，姜紹察的話終於串連起來，「紹察也發現了，所以妳才、妳才汙蔑他嗎？」

呂雅薇邪笑地看著她：「這是妳的錯，如果妳真如妳所說的這麼相信他，就不會發生這樣的事情了，這下子，妳認為妳再說些什麼，會有人相信嗎？警界也有無心教教友，加上妳的確也推了他，更別說要是最後妳被判殺人罪入獄了，那小奎怎麼辦呢？」

「妳在威脅我嗎？這什麼時代了，妳以為真的可以如妳所願？我會公布一切，讓妳和那該死的邪教都被抓。」

「好呀！妳盡量去！」呂雅薇大笑，「要是妳真的做到了，那就恭喜妳！但妳有想過要是妳輸了呢？小奎第一順位的監護人會是誰？是我這個唯一的阿姨。」

頓時，她愣住，「難道一切都是妳的謊言……？」

「妳是說爸媽意外、姊夫外遇或是沒回去過無心教這些嗎？」呂雅薇轉轉眼珠，「是的，都是假的，這是為了要讓我們通往更美好的康莊大道！姊姊，我一直以來都只有一個願望，就是和哥哥生兒育女，而哥哥現在回來了，雖然我沒辦法和他生孩子，但是我們還是能相愛。」呂雅薇滿足的笑著，舌頭舔過了嘴唇邊，「快點報警了，姊姊，姊夫應該已經死了。」

*

一口氣將故事說到這，呂家琪泣不成聲，她顫抖得無法自已，在姜紹察死掉的那個夜晚，呂雅薇露出了她惡魔的那一面。

她以前逃不了，長大後也逃不過，沒想到死了之後，呂雅薇還是陰魂不散。

她不是沒試過，她將無心教的事情公布在網路上，換來了肉搜和揭發她學生時代為了逃避呂士能的魔爪而做出的種種出格行為，而無心教的新聞很快被女明星當富二代小三的緋聞掩蓋過去，這讓呂雅薇笑著說：「無心會隨時準備一兩個很勁爆的新聞當備用，要是有什麼問題發生，釋放出那新聞便可以掩蓋過去，很簡單對吧？大家都只會追尋更有興趣的新聞，誰在乎在社會小角落，是不是有哪個人正痛苦著呢？」呂雅薇正在客廳用餐，一邊看著新聞一邊發表言論。

「小奎呢……」

「在睡覺喔，抱著我送給他的綠熊熊，安安穩穩地睡著呢。」

呂家琪這些日子瘦了五公斤，使得本來就清瘦的她看起來更加營養不良，呂雅薇為了怕她反抗逃跑，所以沒讓她吃飯，只給她打了最低限度的營養針當活下去的基本熱量。

每天固定的時間，會有無心教的護理師過來幫她換點滴，順便做簡單的身體檢查，之後會再過去幫姜奎健康檢查。

他們在相隔姜奎與呂家琪房間的那面牆上做了一片雙面鏡子，像是警匪片的偵訊室一樣，一邊可以看到全貌，一邊只是鏡子。

大多時候，呂家琪都是被銬在自己的房間，透過那面鏡子看著姜奎。

看著呂雅薇如何裸著身體坐上姜奎的身體，如何擺動自己的腰，如何蹂躪姜奎，甚至怕呂家琪聽不到聲音，在她房內還放了嬰兒監聽器的小喇叭，讓她可以聽著姜奎的喘息，還有呂雅薇的呻吟。

姜奎看起來甚至習慣每晚呂雅薇舔舐他的身體，讓它可以順利進去。她的兒子不知道被蹂躪了多久，看起來居然也習慣這些事情。

她的兒子才十歲……才十歲……她當年被呂士能強暴的時候是十三歲，還那麼小，但卻比她兒子還大了三歲……這是什麼地獄，這是什麼煉獄！

「放過我兒子！放過小奎！妳這個……瘋子、惡魔、怪物，妳有病啊……呂雅薇！妳瘋了——」她只能每晚如此吶喊，但是姜奎聽不見。

*

白色的空間裡沒有人說話，甚至連白貓都沒有動作，陸天期瞇起了紅色的雙眼，毛筆在手指尖轉動，「這樣的日子持續多久？」

呂家琪握著的手顫抖，「在我知道以後，持續了兩年，在我不知道以前，不知道多久了。雅薇在小奎七歲時就來到我們家了，你能想像她有多病態，才會對一個孩子出手嗎？她說他是哥哥的轉世，這種話……能聽嗎？」

「那在妳知道後的兩年，試圖反抗過嗎？」

「當然，我反抗過好幾次，但是徒勞無功。我的身體瘦弱，不是現在你所看到的這樣，我連舉起筷子的力氣都沒有，我死的時候大概才二十幾公斤，我能用球棍打死呂雅薇，能掐死小奎，都已經是奇蹟了。」呂家琪搖頭苦笑，「家裡不是只有我們三個，無心教派不同的人過來看管，我不知道他們想要獲得什麼，但是他們似乎以傳播人心黑暗為目的，那些所謂的師姊會站在一旁看著，面無表情，也不會有任何意見，就只是看著呂雅薇做的一切……」

「你們死掉的那一天，發生什麼事情？」陸天期看著黃色的本子只剩下幾頁，明白故事已經到了盡頭。

「好消息。」呂雅薇來到呂家琪的房間，滿臉笑容。

而呂家琪因為太過削瘦，手銬對她來講已經太大，所以現在是用束緊帶分別捆著了她的手。

「今天是小奎的十二歲生日，至少今天，讓我見見他吧……」呂家琪的眼淚幾乎要流乾。

「我每個月都有讓你們見面啊，說得好像我不近人情似的。」呂雅薇不滿地扁嘴。

「妳用……玷汙小奎，欺騙他只要和妳……就能見到我，或是獲得他要的任何東西……」透過嬰兒監聽器，呂家琪任何一句話都聽得清楚。

姜奎想見媽媽，呂雅薇便會說只要兩人結合，媽媽就會出現。然後過幾天就會讓他們見面。

這是現在給姜奎的理由，更早以前是「希望爸媽不要吵架」或是「想要得到什麼玩具」，就像是那些誘拐小女孩的變態大人一樣，會用糖果或是寵物來吸引小孩們的注意。

孩子什麼都不懂，就這樣被大人牽著走。

「如果妳的老師真的這麼厲害，為什麼沒辦法讓小奎再次站立？為什麼沒辦法讓妳受孕?!」呂家琪嘲諷著，這讓呂雅薇的臉色一僵，但很快又掛上微笑。

「我就是要來告訴妳這好消息的，張阿姨剛才去了醫院看報告，小奎已經是個男人了喔，他發育已經成熟。」呂雅薇興高采烈的宣布這件事情，「這是小奎最棒的生日禮物，所以從今天開始，我會依照以前媽做的，凌晨四點泡澡，晚上膜拜，這樣很快的，我和小奎，也就是哥哥……就會有孩子了，我的願望要成真了！」

你見過什麼是絕望嗎？

體會過什麼是無能為力保護最重要的人的失落感嗎？

在那個瞬間，不知道為什麼，呂家琪的內心浮現了以前看過的電視畫面，在動物界之中，牠們保護孩子的方式和人類不太一樣。

我們生存的目的，除了生物本能以外，還有什麼？

健康？快樂？希望？感動？陪伴？別人的期盼？

但是這一些，姜奎都沒有了。

呂家琪這樣下去，總有一天會死的。姜紹察也不在了，最後只有呂雅薇，姜奎大概一輩子都會這樣被呂雅薇玩弄，雖然她認為那是愛……或是，姜奎也成為了呂雅薇這樣的人，變成了邪教的一份子？

而假如……假如真的……他們有了小孩？

那多畸形？那多可怕？姜奎會變成怎樣？

呂家琪的腦中只浮現了一個可怕，卻是能保護姜奎的最好方法。

「也許，我在不知不覺間，也因為小時候的耳濡目染，有了邪教的思考方式吧。」呂家琪的身影逐漸乾扁削瘦，她的眼睛凸了出來，雙頰凹陷，那瘦弱的模樣別說筷子了，大概連站都站不穩。

「我趁著……呂雅薇端了晚餐過來，要我吃完後可以去短暫和小奎見面，她原本轉過來要剪開我的束緊帶，但她沒注意到我的手腕早就瘦到比原本的束緊帶還細，所以我一直都在等待機會，在她鬆懈的時候把手抽出來，用花瓶打暈她。

怕她又爬了起來，我趕緊拿起她掉在地面上的大剪刀，用力刺了她的小腿肚後，我的時間不多，等等那群師姊就會過來，所以我得快點，我必須一鼓作氣。我衝到了小奎的房間，他眼神空洞也面無表情的躺在床上，他明明張開著雙眼，卻沒見到我，我好心痛……我好像看到以前的自己，但以前的我有逃離的能力，但是小奎沒有啊……

所以我爬到他的身上，告訴他，我愛他，我願意為他做任何事情，我做的任何事情，也都是愛他。

當我把手放到他的脖子上時，小奎的雙眼終於對焦在我的臉上了……他朝我微笑，然後閉上眼睛，他知道我要對他做什麼，他欣然接受……

所以，我掐死了他。那是我所能為他做的最好的事情了，我殺他，是因為我愛他。死了，總比活著一直受折磨好，是吧？」

呂家琪崩潰大哭著，她沒料到的是，死了以後，姜奎被送到了這，連呂雅薇也被送到了這。

他們在那扇黑門之後，姜奎又會被做些什麼事情？

以為死亡是解脫，沒想到只是活著的痛苦延續！

「故事的最後，妳殺死了呂雅薇，然後妳呢？」陸天期問。

「師姊們趕到了，她們將我拉開，而呂雅薇和小奎都已經死了，我大笑著，我終於反抗了他們，終於……然後，我喘不過氣，我太瘦弱了，我的心臟無法負荷在短時間內我做了那麼多的事情，所以我心臟停下……麻痺了，可是這真是太好了，我終於、終於死了，終於不用再……嗚嗚嗚……」呂家琪悲痛的哭聲迴盪，而白貓轉動了尾巴，轉過頭看了一下陸天期。

陸天期只能聳肩，在黃色的本子上畫上句點。

「妳的故事說完了。」

「這意思是，我能見小奎了嗎？」呂家琪抬頭，那削瘦的模樣看起來很是可怕，配合她的眼淚，令人心疼。

「對，妳可以過去了。」陸天期的背後出現了那扇黑門，呂家琪渾身泛起雞皮疙瘩，她邁開腳步，每走一步，她的腳邊都出現了百合。

陸天期將那黃色的本子交給她，說了句：「恭喜。」

而那扇黑色的門周圍散發出肉眼可見的黑色氣體，然後慢慢開啟，呂家琪原本以為，在那扇黑門之後會是一片漆黑，可是卻見到了一座富麗堂皇的圖書館，窗外甚至風光明媚。

而陸天期就站在圖書館之中。

呂家琪一愣，回頭看，白子紅瞳陸天期於她身後，倚靠在門的旁邊，白貓則站在他的肩膀上。而圖書館中的陸天期渾身黑衣，一隻黑貓在他肩上，黑衣的陸天期頭髮和眼珠都是黑的，肌膚雖然偏白，但不是白子。

呂家琪還來不及思考，她便看見了在她家客廳所有的那張木椅上有個嬰兒，正是姜奎。

「小奎！」呂家琪大喊，她的淚水終於化為暖陽，臉頰也豐腴了起來，恢復生前最快樂、最幸福時期的外貌。

「媽媽……？」而木椅上的姜奎迅速長大，變回了十二歲時的容顏。

「我終於、終於見到你了，小奎！」呂家琪朝姜奎的方向跑去，張開雙臂想擁抱姜奎，手中的黃色書本也掉落至地板。

陸天遙彎腰撿起，眼睛瞥了下白門內的陸天期。

「辛苦你了。」

「不辛苦，這裡出現了很有趣的人物。」陸天期瞇眼笑著，「李欣容。」

陸天遙一聽，皺了眉頭：「相關人物出現？」

「這可不會是巧合，一切的事情都是必然。」白門逐漸闔上，而陸天遙上前想要多問幾句，但黑貓搶先一步跳到了白門裡面。

「小黑！」陸天遙被這行為嚇到，連忙大喊。

「喵～」黑貓回頭朝陸天遙喊了聲，而白貓則從陸天期的肩膀上跳下來，在白門關起的瞬間，來到了圖書館。

「陸天遙，看樣子，我們的故事也開始轉動了。」陸天期在門後大笑著，緊接著白門消失。

陸天遙不可置信地看著地板上的白貓，而白貓舔舐了一下貓掌，然後跳上了陸天遙的肩膀。

近千年來不曾改變過的日常，陸天期和白貓在門後，陸天遙和黑貓在圖書館。他們被規定不能到彼此的空間去，但是是誰規定的？陸天遙想不起來。

而黑白貓又是什麼時候出現的？

他和陸天期剛來到這裡的時候，明明就只有他們兩個人啊？

更又是為什麼，這些年來，他從來沒想過這個問題？

彷彿連他個人的思考能力都被奪去了，直到今天，才發生了變化。

「媽媽！」姜奎大喊，一直以來都面無表情的姜奎站了起來，這讓呂家琪一愣，摀著嘴，不可置信地看著眼前這一切。

姜奎靠著自己的雙腳，跑到了呂家琪的懷中。

母子兩人擁抱，熱淚盈眶，呂家琪沒想到這輩子……應該說，沒想到還能有機會見到姜奎行走的模樣，她願意付出任何東西，只為了這一刻。

「死亡，是一種重生。」陸天遙如此說著，將那本黑色的精裝本拿出來，「姜奎，你見到媽媽了，這下子能說你的故事了嗎？」

「我的故事，全寫在裡面了。」姜奎擦乾眼淚，朝陸天遙一笑。

「你什麼時候……？」陸天遙趕緊翻開黑色的書本，還真的寫滿了姜奎的字跡。

這讓他覺得不可思議，他不需要睡眠，也不會疲累，姜奎怎麼可能有機會靠近這些書本而不被他察覺。

「你有時候會變成黑貓，你知道嗎？」姜奎的話更是讓陸天遙震驚。

「變成黑貓……？」

「你會和另一隻黑貓坐在白門前，一動也不動，我叫過你幾次，但你沒有反應。

我趁著阿姨不在的時候，寫下了那些，因為我知道只要阿姨在，我沒有辦法說出自己的事情，我必須要找到媽媽才行。」他看著呂家琪，「媽媽，我好怕，但是謝謝妳救了我。」

「噢……我的寶貝，媽媽真的對不起你！」

陸天遙還沒從震驚中恢復，圖書館的大門已經打開了，他看不清楚外頭的景象，卻隱約可見一個人。

「家琪！小奎！」姜紹察站在門外。

「爸爸！」

「老公！」

然後他們兩個人跑了出去，毫無眷戀，也沒回頭，圖書館外絕對是個沒有呂雅薇的天堂。

碰——

圖書館的大門闔上。

第十章

兒子

我猜，如果阿姨在這，那我的媽媽一定也會在這。

爸爸大概就不會了，而既然阿姨跟我都在這，那媽媽一定在別的地方。

假設，我們都需要說完自己的故事才能離開這裡，那阿姨和媽媽一定也都會說完前面的故事。

我想阿姨和媽媽的故事一定有很多地方有所出入，或是相似卻又不同，那一些什麼是真或假，我也不知道。

我只能說出，自己的故事。

但我沒辦法在不知道媽媽在哪的情況下說，也沒辦法在阿姨在身邊時說。

我所能想到的，就是利用阿姨睡著了以後，找陸天遙了。

也許我先該說，當我來到圖書館的時候在想些什麼。

我不知道陸天遙是裝傻，還是真的沒有發現，我告訴過他，我是用走的來到圖書館，但無論他知不知道，他都沒告訴阿姨。

生前，我的確是不能走。但是我一死了以後，我的雙腳又恢復了知覺，我能跑能跳。

基本上在圖書館的外面時，我根本不知道那是外面。

因為我還是待在我的家，打開了紅色大門後，進入我家客廳，會見著媽媽，來到廚房也會見到媽媽，打開主臥房也會瞧見媽媽，甚至我的房間也是。

但是媽媽的身後，都會有阿姨。

而當我打開紅色大門要往外時，卻又再一次進入了我家客廳，瞧見媽媽、瞧見阿姨。她們長得像是媽媽和阿姨，但卻不是媽媽和阿姨。

所以我一直逃，在家中不斷亂竄，好像鬼打牆一樣，怎麼都跑不出我家，我大概打開了一百多扇門，終於看到一扇我家沒有的木製大門，一打開，就瞧見了陸天遙。

很抱歉最一開始我拒絕說故事，因為我不確定這裡是哪，我是不是真的安全了，但也因為我能行走，我知道這裡絕對不會是人間。

只是無心教的人遍布各地，雖然這麼想有點可笑，但我怕連死後的世界都有他們的教友，我要先確定這裡真的是安全的，我才能說。

結果，就在這時候，阿姨卻出現了。

我真的沒想到，阿姨還會跟到死後的世界，我那瞬間真的認為這世界沒有神佛了……

但我知道阿姨愛我，不是身為阿姨的那種愛，是病態、扭曲的那種愛……所以她不會傷害我……實質上的傷害。

我該從哪裡說起呢……應該要從阿姨第一次爬上我的床開始吧。

在阿姨出現以前，我們家是一個非常快樂的家庭。

即便在我出車禍以後，爸爸媽媽也是很努力的想要繼續撐起這個家。

我曾經認為，無論發生什麼困難，只要我們三個人都還在一起，一定都可以克服，所以即便我的雙腳無法行走這一件事情的確讓我消沉好一段時間，我也沒擔心過我們家會瓦解，看著爸爸媽媽努力的模樣，就會認為自己也該振作起來，否則會讓他們擔心的。

關於爸爸媽媽結婚以前所發生的事情，老實說我並不清楚，以前幼稚園有過一個作業，是回家訪問爸媽年輕的事情，但是媽媽不講，當時因為是作業的關係，所以我還是繼續硬要問。

媽媽露出了傷心的神情，與其說是傷心更像是害怕。

爸爸後來私下告訴我，不要去過問媽媽以前的事情，因為不是每個人的人生都是一帆風順、開心快樂，更不是每個父母都是愛著孩子的。

雖然當時我聽不懂這句話的意思，但我知道問了以後媽媽會很傷心，所以我後來再也不問，也習慣自己家裡沒有所謂的阿公阿嬤，或是其他親戚的存在。

直到某天所謂的阿姨出現了。

阿姨剛出現的時候，我其實內心感到很糾結。

第一是我從來不知道自己有個阿姨。

第二是在我的潛意識中，我認為媽媽不願和過去的人有所牽扯，包含她的家人，所以阿姨的出現，可能會對媽媽造成什麼負擔。

但後來證明我的擔心是多餘的，媽媽一開始雖然不太歡迎阿姨的感覺，但最後卻露出了我從沒見過的笑容。

學校老師說過，手足是一種很特別的情感，就算平時不和睦，但是重要時刻卻會同心協力，因為我沒有其他兄弟姊妹，所以不太了解這種情感，但是從媽媽和阿姨的相處上看起來，好像真的是這樣。

最重要的是，自從阿姨來了以後，爸爸、媽媽的負擔輕了很多，至少他們不用再耗費太多的精神照顧我，況且阿姨對我很好、對媽媽也很好。

阿姨會在家照顧我，帶我去上學，還會陪我逛街，所以我覺得，那段時間還挺開心的。

可是有一天，我發覺阿姨有點奇怪，那是她帶我到河堤的時候發生的事情。

我坐在輪椅上面，阿姨則蹲在我的輪椅邊，靜靜地看著前方的夕陽，一陣晚風吹來，伴隨著家家戶戶的炒菜香味，忽然阿姨把手放到了我的腿上，來回的游移。

「小奎啊，你的下半身完全沒有知覺了嗎？」

面對阿姨的問句，我很自然地點頭。

然後我看到她捏了我的大腿，力道不輕：「那這樣子你也沒有感覺嗎？」

「沒有感覺，阿姨，我會流血也會瘀青，可是我沒有感覺。」

「是喔，這樣子啊。」阿姨看起來若有所思，起身推了我的輪椅。「那我們回家吧。」

然後當天晚上，她穿著睡衣來到我房間。

那時候已經很晚了，我被阿姨搖醒，看了一下時間，是凌晨的三點。

「小奎呀，阿姨下午問你的事情，還是有一點點想不通。」

「阿姨，我好累，好想睡覺，阿姨有什麼事情，明天再說吧。」說完我又閉上眼睛。

「沒關係，小奎你睡吧，阿姨只是想做個實驗而已。」她的聲音好輕，我不知道她想做什麼，我閉上眼睛後馬上就進入夢鄉。

而那是我第一次知道，即便沒有了知覺，還是能感受到噁心。

首先，我聽見有奇怪的聲音，很像在吃什麼，又像是在吸吮什麼的水聲，啊，很像是在吃冰棒的聲音。

我還能感覺到床板微微的震動，剛開始我以為是地震，但是我忽然感覺到有雙手摸上了我的肚子。

我嚇了一跳立刻張開眼睛，只看見阿姨的頭頂在我的肚子下緣處上下晃動。

「小奎啊，即便沒有知覺，還是可以呢。」阿姨抬頭看著我笑，而我被她手裡抓著的東西嚇到，那個瞬間我幾乎是反射動作，吐了出來。

阿姨泛紅的臉拿起一旁的衛生紙幫我清理我吐的髒汙，連帶清理了我的下半身，和她的嘴。

「小奎，你知道阿姨是愛你的嗎？」她的聲音軟甜得讓我想吐。

「阿姨，妳在做什麼？」我的牙齒在打顫。

「這是一種愛的表現，我一直都在等你出生，你現在可能暫時還沒有辦法理解，但是沒關係，你只要知道，阿姨所做的一切都是愛你就好。」

說完，阿姨抱著我、親吻我。

我當時，才八歲吧。

八歲。

對什麼都還不懂的年紀。

我曾經想把這件事情告訴媽媽或是爸爸，可是阿姨卻跟我說，這種小事情就不需要告訴爸爸、媽媽了。

「而且很多人都會做這樣的事喔，只是爸爸、媽媽不會這麼對你做而已。」阿姨拿著平板讓我看一些其他小男孩，被不同的人做著一樣事情的影片，她甚至要我學著像影片那樣的動作或是……

請原諒我，這邊光是讓我寫下來，再次回想，我都覺得極度不舒服。

就讓我跳過這一段吧。

總之在我十歲以前，這樣的事情是家常便飯，阿姨每天都會在爸媽沒注意的情況下吻我或是抱我，我一開始雖然覺得不舒服，可是又懵懂的覺得那也許是一種貼近的表現。

直到我快要十歲了。那時我從學校的健康教育裡學到，自己的身體是不能給任何人碰觸的，即便是長輩或是班上同學。

所以當我回家，阿姨又跑到我床上的時候，我告訴她這件事，我拒絕她的碰觸，阿姨聽到後先是一愣，然後笑了起來：「小奎長大了呢。這樣子很好，你的身體的確是不能給其他人碰的，可是我不一樣，我愛你愛了那麼久，我這輩子都在等你的出生，我們是不一樣的。」

「沒有不一樣，老師說誰都不能碰我的身體。」

我記得，我當時這樣拒絕了。

「阿姨碰觸你的身體不是為了私慾，而是更神聖的表現。」結果，沒料到阿姨居然跟我說這樣的話。

「小奎啊，課本上說不能讓別人碰，那是因為那些人都是一群不懷好意的，小奎長得這麼好看、這麼帥氣，會有一些敗類想要玷汙滿足自己的私慾。」阿姨邊說邊撫摸我的臉頰，「可是呢，當兩個人相愛的時候碰觸身體是很自然的一件事情，你愛阿姨嗎？」

「當然愛囉。」我當時是如此回答。

阿姨眉開眼笑，「那就對啦。阿姨愛你，我們這樣是叫做兩情相悅。」

她說得如此自然，而我一時半刻竟也不知如何反駁。

「小奎，你知道嗎？」阿姨邊說，她的手一邊在我毫無知覺的大腿上來回撫摸著，「這樣碰觸你的時候，也能實現你的一些願望喔。」

「什麼意思？」

「既然你上過健康教育的話，應該知道女人是可以生孩子的吧。」

「對。」

「你知道孩子從哪裡出來嗎？」

我看了一下阿姨的下半身，有點不好意思：「從下面。」

「是啊，我們在很多的故事以及電影都可以看到，新生命是代表希望的，」阿姨忽然拉著我的手，放到了她的大腿根部，我感覺到很熱又很濕潤，「所以這裡是孕育希望的地方，小奎，你總有一天會來到這個希望之地的，所以你可以在每次進來的時候，都許一個願望，而那一定會實現的。」

寫到這，大概你也會覺得我阿姨到底是在說什麼鬼話吧。

但是我當時才十歲，我真的認為，那說不定是有可能的。

會讓我相信的契機是，有次阿姨舔著我時，我隨意說了句：「我想要最新型的掌上型遊戲。」

我當時有點故意，想看看阿姨說的話是真是假。因為我知道憑我們家的能力是買不起那遊戲的。

可是隔天那個遊戲居然真的出現在我們家了。

我當時並不知道，阿姨其實很有錢，我也不知道我的媽媽的原生家庭是如此富有。所以我天真的以為，那樣的行為，是可以實現任何願望的。

於是對於和阿姨這樣的來往，我變得稍微，能接受，一點點。

反正阿姨只是碰碰我毫無知覺的下半身，基本上只要閉起眼睛，我什麼都不會知道。

但是這一切在我十歲那一年改變了，我還記得那天和爸爸跟阿姨去逛夜市，因為套圈圈拿到了一隻綠色的熊娃娃，阿姨將娃娃放在我的床頭邊，說小熊會照看我，保護我的安全。

然後當天晚上，阿姨又來到我房間。

但是這一次不一樣，她脫下了衣服，我再次感覺到想要嘔吐，阿姨摀住我的嘴，問我舒不舒服，我告訴她其實我一點感覺也沒有。

不過她似乎不死心，比平時更加粗暴，但我一樣沒有感覺。

然後她坐了上來，我驚慌的想大叫，阿姨卻把綠色的小熊壓在我的口鼻上。

我還是那句話，我並沒有任何感覺，可是看著阿姨在我身上搖晃的模樣，我覺得好想吐。

「小奎，你有什麼願望，在這個時候說一定會實現！」阿姨笑得好開心，床板晃動的聲音好可怕。

「我想要媽媽回家。」我聽見自己的聲音，才明白自己正在哭。

結束後，媽媽真的回家了。

自從那一天後，阿姨更常對我做這樣的事情，每一次她在進行中的時候，不外乎就是問著我有什麼願望，以及問我舒不舒服。

其實我唯一的願望就是爸爸媽媽能夠開心，而每一次我都會回答沒有感覺，除了阿姨在我面前晃動的裸體，讓我覺得噁心想吐以外，我沒任何感覺。

然而時間久了，阿姨對這一點似乎頗有微詞。

「小奎，如果你一直都這個樣子，爸媽就會繼續吵架喔。」

阿姨對我說過這樣的話，而隔天爸媽真的就又大吵了起來，我在房間哭著，阿姨來安慰我：「所以說，你要有點反應，不然爸媽會繼續吵架的。」她一邊說，一邊又將頭埋到我的腿間，之後再把熊娃娃蓋到我的臉上。

從此，我學會了發出一些應付阿姨的聲音，或是言不由衷的說著：「很舒服。」之類的話，縱使我一點也不知道那是什麼意思，只是潛意識的明白，好像不能違抗啊。

然後有一天，爸爸忽然來到我房間，問我最近在學校過得怎麼樣？

他坐在我的床角邊，卻在掀起棉被時發現了阿姨的內褲。

「這是什麼？誰的東西？」爸爸很震驚。

「是阿姨的。」我老實說。

「為什麼阿姨的內褲會掉在你這？」

「她晚上來的時候落下的。」

「晚上來的時候？」爸爸一愣，抓緊我的肩膀問，「她對你做了些什麼嗎？」

我沒有說話，可是我又很想說，結果第一個掉下的居然是眼淚，身為男孩子的我，居然就這麼哭了，我覺得好丟臉的同時，我也想要爸爸救救我。

「她到底對你做了什麼事情？」爸爸青筋都冒了出來，惡狠狠的逼問。

「阿姨只是說……那是一個希望，她要我……」

「要你做什麼？」

「要我……放進去……」

我從來沒看過爸爸那麼生氣。

他立刻起身離開了家中，他一走，外出的阿姨便回來了，她帶著淺笑來到我床邊，那模樣好可怕，好可怕。

「你告訴爸爸了對吧。」

我嚇了一跳，「阿姨怎麼會知道？」

她比了一旁的綠色小熊，「小熊的眼睛看得到，小熊的耳朵也聽得到。」然後她拿起小熊，蓋到了我的口鼻，「小熊的肚子，還能讓你睡覺喔。」

後來我失去意識了，等到外頭的陽光落到房間，刺痛了我的眼睛後，我瞧見了哭泣的媽媽，和哭泣的阿姨，以及眾多的陌生人。

爸爸，死了。

阿姨來到我的身邊，輕輕擁抱我，在沒有人看到的地方，將我的手放到了她兩腿之間，在我耳邊低聲說：「小奎，這個地方孕育希望，但是希望與絕望有時候是相輔相成的。和我約好了，再也不能告訴別人，否則下一次，連你媽媽都會不見的。」

後來的事情，我也不想多說了。

反正就是我的房間多了一個鏡子，阿姨每晚都來，有時候還會有不認識的其他阿姨站在旁邊看著我們。

每當這時候，我會幻想自己就是一個小熊。

只要躺在這，不要去想任何事情，不要去感覺任何事情就可以了。

我希望下半身毫無知覺的病能蔓延到全身，最好連我的感官都關閉，連我的心都不要有感覺。

可是有時候我會聽見媽媽的呼喊，對我來說，媽媽是我唯一在乎的事情了。

我的媽媽呢？我想見媽媽。

每次到阿姨在我身上時，我就會如此開口求她。

「很快，很快地就能見到媽媽了。」阿姨會一邊喘息，一邊給我承諾。

然後過個幾天，我還真的就能看見媽媽站在房門口，媽媽變得好瘦，而阿姨站在她的身後，媽媽會哭著說一些我聽不太清楚的話，然後就會被阿姨帶走。

然後又再是阿姨來到我身上，並且我希望自己變成綠色小熊，這樣日子會比較好過。

日復一日，每天都是一樣的事情，我很久沒去上學了，因為我的狀況特殊，所以阿姨好像告訴學校我要在家自學，總之，每天固定有個時段，會有老師來教書，也會有醫生來檢查，那些人好像都是阿姨的朋友。

老實說，所有的一切對我來講都像是無傷大雅的東西，我的情緒也逐漸麻痺，我唯一會有情緒起伏的時候，就是見到媽媽。

其他時刻，我彷彿都是配合阿姨的行為做出反應的小丑娃娃一樣。

她要我叫，我就會叫。她要我碰她，我就會碰她。她要我說想要，我就會說想要。她要我許願，我就會說我要見到媽媽。

後來我的記憶，就是媽媽衝了進來，趴在我身上說著愛我，然後把手放到我脖子上。

那個瞬間，我明白她要做的事情了。

我曾經和媽媽在電視上看過，人類會因為要保護孩子，而養育孩子。但動物有時候會因為要保護孩子，而殺了孩子。

所以我欣然接受。

看著媽媽的模樣，我想著她或許也希望我對她做一樣的事情。

只可惜媽媽，我沒有辦法走，如果我能走的話，我一定會先過去殺死妳。

而往後還有機會見到妳，我一定會跟妳說：「謝謝妳，媽媽，謝謝妳殺了我，我也愛妳。」

＊

陸天遙，這大概就是我全部的故事了，也許不是最慘，也不是最痛苦的，但這段體驗足以讓我不害怕白門後那位跟你長得一模一樣的人給我的傷害。

在那片白之中，他讓我看了一些畫面，一些曾經也有過悲慘故事的人的畫面。

的確，相比之下，我好像沒那麼慘，可悲的是，悲慘還需要比較而才能感到欣慰。

雖然說，白門後的那個人和你長得一樣，但卻又和你很不一樣。

當他看著我痛苦的尖叫，他臉上那狂喜的面容，在一瞬間，我竟然會覺得比我的阿姨還要恐怖。

故事的最後，我也沒什麼話可以說了。

對了，我忽然想到一件事情。

在阿姨的房間牆壁上，有一張女人的相片，阿姨說，那是她的老師。

她還說過，那個會場的精神標語是：「天天念念，遙遙無期。」

陸天遙。

這和你，有關係嗎？

尾聲

書頁在空中散開，陸天遙依照他內心認為的最佳順序，編排成了一本完整的新書，封面的選擇分別有黃、淡粉和黑，他猶豫了一下，看了眼前正拍打著尾巴的白貓。

「你就這樣跑過來了，沒關係嗎？」他問白貓，但牠只是用那淺藍色的雙眼靜靜看著自己。

「你和小黑還真不同，陸天期會受不了小黑吧。」他不禁一笑，白貓穩重、不吵鬧。而黑貓毛躁，總是貪玩。

陸天遙選擇了黑色的書封，將那些書頁中心用黑色的線縫上，接著與書封合為一體，他的手劃過黑色的書封，便出現了燙金的那排字《沒有名字的故事》。

「喵～」白貓叫了聲，似乎很滿意這樣的書名，接著打了哈欠，慵懶地趴了下來。

圖書館內出現了許多模糊的黑影，一道黑影站在書櫃面前，雖然看不見面容，但是陸天遙可以感覺到黑影正盯著那本書看。

「是最新出版的嗎？」來者問。

「是的，但我們要按照順序，這本前面已經很多人排了。」陸天遙微笑解釋，來者嘖了聲，只得登記排隊。

「你換寵物了？」來者在離開時，看了一眼白貓。

「算是。」陸天遙也只能這樣回答。

「話說，你的故事什麼時候我們才能看見？」來者又再次提問。

「也許沒那麼快。」

「真可惜，歷代管理員的故事總是最精采的。」來者惋惜，就要離開。

但是這句話卻讓陸天遙一愣，歷代管理員的故事……他的確看過和子小姐的故事，但那時候還沒完成，是沒有結局的故事，直到陸天期說和子小姐完成了故事後，那本屬於和子小姐的紅色書籍也就消失了。

但扣除和子小姐的書，他從來沒在這圖書館看過其他管理員的故事，所以他連忙叫著來者：「請問——」

來者停下腳步，陸天遙離開書桌前，而白貓睜開一隻眼睛，瞇眼看著他。

「什麼事情呢？」

「你說歷代管理員的故事……你都看過嗎？」

「看過，很精采！」來者滿意地說。

「那些書放在哪裡？我從沒見過有人借閱。」

「那些書不能借閱，只能在館內看。」來者吃驚地回，「難道你都沒看過？」

「館內？但是我從來沒在館內見過前代管理者的故事啊！」

「因為不是放在一樓，在二樓。」來者對於陸天遙的問題感到震驚，「樓梯就在後面，難道身為管理員的你，從來沒上去過嗎？」

樓梯？

陸天遙回頭，那只有白牆，但是在來者的眼中，那似乎有樓梯。

難道是管理者不能進入的地方嗎？這也太可笑了，身為圖書館的管理者，豈有進不去的道理。

「我明白了。」於是陸天遙欠身，回到了書桌前。

來者來來去去，今天借閱又歸還的書籍如同往常，圖書館總是絡繹不絕，但陸天遙卻一直在意著來者所說的樓梯。

白貓捲動著尾巴，打了個哈欠後伸懶腰，翹高的屁股左右搖擺，然後輕巧地跳下了桌面，往後頭的白牆的方向走去。

陸天遙並沒有打算理會白貓，因為一直以來他也都任由黑貓自行在圖書館亂走，但是白貓卻停在他的腳邊，盯著他瞧。

「要我跟你嗎？」

「喵～」白貓給了肯定，然後繼續往白牆走去，就在白貓快要靠近白牆的時候，身體卻隱沒到了白牆裡頭，彷彿那邊只是障眼法般假象。

陸天遙愣住，聽見白貓的聲音從牆裡傳出，他伸手摸了一下白牆，是結實的牆壁沒錯啊，牠怎麼可能有辦法穿過去。

「喵～～」白貓在裡頭呼叫，陸天遙牙一咬，大不了就是撞一下，所以他朝前邁步，還就真的進到了白牆裡頭。

「神奇了……」他看著這別有洞天的地方，自己正站在木製階梯，回頭望去，是圖書館的景象沒錯，這近千年來，這樓梯就一直藏在白牆之後，他居然都沒發現。

想必所有管理者都不知道吧，畢竟和子小姐也沒跟他說過。若不是陰錯陽差從來者的口中得知，或許一直到離開以後，陸天遙都不會知道有這個地方。

但是白貓怎麼會知道？白貓不是一直跟著陸天期在白門之後嗎？怎麼會知道圖書館的構造？

白貓的影子在前方階梯，已經轉彎上了第二排，陸天遙跟了上去，來到他從未踏足的二樓。

這裡空間並不大，看起來也不如一樓的圖書館新穎，只有少許來者在這。書櫃僅有一排，擺滿了許多舊書，而在書櫃的一旁寫著「管理者們」的告示牌，並掛有警告寫僅供內閱。

陸天遙第一眼便瞧見那紅色的本子，他立刻衝了過去拿起那書籍，上頭寫著《緣起於死之後》，這是和子小姐的書！

他迫不及待要翻到最後，想知道和子小姐的結局是什麼，但是卻被原本擺在和子小姐旁邊的書籍給吸引了。

那是一本全白的書，白貓坐在一旁，瞇起貓瞳盯著瞧。

陸天遙感覺自己的手在顫抖，他伸手拿起了那白色書封的書籍，上頭印有黑色的字，寫著《天天念念，遙遙無期》。

「奇怪了，怎麼都找不到你們的書？」

和子小姐曾經叨叨念念的話浮現在陸天遙的腦中，他們的書籍，在這裡。

喵。

——全文完——

後記——

沒有你的天堂

很開心再次大家在《陸天遙事件簿2沒有名字的故事》見面，希望大家先看完故事再來看後記啦！

這一次揭露白門後的人，但我想敏銳的小尾巴一定在第一集就隱約猜到了吧！

隨著第二集結尾，也連帶出現了第三集，也就是最後一集的書名，我們的陸天遙故事終於要出現了。

直到這一集尾聲，不知道大家有沒有找出這系列的主軸了呢？我想大家應該多多少少都有抓到了，具體我們就等第三集再來說吧！

在此本《沒有名字的故事》中，劇中人物呂雅薇有些話語讓我邊寫邊翻白眼，想著「講這是什麼鬼話啊？」甚至還寫到一半離開書桌，去跟家人表示：「這真的很噁心。」大家是否也有一樣的想法呢？

我還記得其中一位編輯看完後說：「下一本尺度會更大嗎？」

嗯……這不好說～哈哈哈。

在發想第二本故事時，我便設定好要是「媽媽殺了孩子」做為開頭，但同時媽媽殺孩子的動機是要出自於「愛」。

當我想好了出自於愛而去殺了孩子的原因後，便去問了一些「媽媽」們，結果不約而同媽媽們都超級認真說：「不會殺了孩子。」

天喔，我當然知道不會啦！但是我們是一個比方，我想知道如果發生如同故事的情況下，是否會和呂家琪作出一樣的選擇。

於是乎，如果今天是因為自己已經無能為力，所以要去「保護」孩子的話，那也許呂家琪所做的事情，就是選擇之一。

有時候會在電視新聞看見，有些父母帶著孩子一起自殺，大家會說：「為什麼這麼自私。」或是「明明有其他方法。」等等話語，其實不是當事者，都沒有辦法感同身受的。

就像是你在攝氏三十五度的密閉空間看有人凍死在零下四十度一樣，是無法體會的。

這邊暫時回到第一集的劇情，想必大家都有疑問，到底「真相」是什麼？第二集陸天遙給了你們一個說法，只要你所相信的，無論客觀來講是怎樣，你所相信的就是屬於你的真相。

就如同呂雅薇一下說是右邊肩膀受傷，一下又變成左邊肩膀受傷，而她的身體也真正的做出變化，出現了傷痕，那就是她所相信的真相。

人的一生中，究竟有幾次我們能確認自己知道的是真實的真相？

真真假假不就是人生，只需相信我們所相信的。

而在第一集埋下的梗，終於在第二集公布了，無心教。

李欣容曾喊著某位師姊提供了房子，徐禮也曾疑惑家裡的錢和支出不符合上，李欣容在何時成為了無心教的教徒？

在這裡大家也在無心教見到了李欣容，是否第一集的「真相」也浮出水面了呢？

或許徐欣根本沒瘋，或許是李欣容被洗腦了，又或許是整個徐家都瘋了。

無心教的真實目的又是什麼？陸天遙與陸天期和無心教有什麼關係？第三集關於他們的故事又會如何？就請在第三集一併解答了。

非常感謝購買此書的你，謝謝你用最實際的行動支持了我繼續創作下去。

我們就在第三集揭露陸天遙與陸天期，還有和子小姐故事的時候，再相見了！

國家圖書館出版品預行編目資料

陸天遙事件簿②：沒有名字的故事／尾巴 著.--
初版.--臺北市：平裝本．2019.08 面；公
分(平裝本叢書；第490種)(＃小說；04)

ISBN 978-986-97906-4-2（平裝）

863.57 108011163

平裝本叢書第490種
＃小說 04

陸天遙事件簿

②沒有名字的故事

作　　者—尾巴
發 行 人—平雲
出版發行—平裝本出版有限公司
台北市敦化北路120巷50號
電話◎02-27168888
郵撥帳號◎18999606號
皇冠出版社(香港)有限公司
香港上環文咸東街50號寶恒商業中心
23樓2301-3室
電話◎2529-1778　傳真◎2527-0904
總 編 輯—龔橞甄
責任編輯—林郁軒
美術設計—王瓊瑤
著作完成日期—2019年6月
初版一刷日期—2019年8月

法律顧問—王惠光律師
有著作權・翻印必究
如有破損或裝訂錯誤，請寄回本社更換
讀者服務傳真專線◎02-27150507
電腦編號◎571004
ISBN◎978-986-97906-4-2
Printed in Taiwan
本書定價◎新台幣260元／港幣87元

• 皇冠讀樂網：www.crown.com.tw
• 皇冠 Facebook：www.facebook.com/crownbook
• 皇冠 Instagram：www.instagram.com/crownbook1954
• 小王子的編輯夢：crownbook.pixnet.net/blog